有青春就有迷茫

林文力 主编

内蒙古出版集团　远方出版社

图书在版编目（CIP）数据

有青春就有迷茫 / 林文力主编. -- 呼和浩特 : 远方出版社, 2014.1

ISBN 978-7-5555-0057-5

Ⅰ. ①有… Ⅱ. ①林… Ⅲ. ①散文集—世界 Ⅳ. ①I16

中国版本图书馆CIP数据核字(2013)第293789号

有青春就有迷茫

主　　编　林文力
责任编辑　孟繁龙
装帧设计　柏拉图创意机构
出版发行　内蒙古出版集团　远方出版社
社　　址　呼和浩特市乌兰察布东路666号
（电话：0471 — 2236466 邮编：010010）
经　　销　新华书店
印　　刷　北京毅峰迅捷印刷有限公司
开　　本　880mm × 1230mm　1/32
字　　数　236千
印　　张　8.5
版　　次　2014年3月 第1版
印　　次　2014年3月 第1次印刷
标准书号　ISBN 978-7-5555-0057-5
定　　价　28.00元

有青春就有迷茫

青春年少，面对理想与现实的差距，感性与理性的碰撞，精神与物质的错位，许多人在生活中稍有挫折就一蹶不振，在工作中稍有不顺就半途而废，表面强作风光，内心却无比彷徨。青春在血与火的洗礼中走向成熟，在荣与辱的阵痛中获得新生，在痛苦与自强的磨砺中发出光芒。

前苏联作家屠格涅夫曾说：青春的美妙，也许就在于它充满着忧郁、失意和哀伤，充满着对什么都毫不在乎和永远具有后悔的权利；青春的美妙并不在于它能够做出一切，而在于它希望做出一切；烦恼、迷茫便是青春的属性。面对坎坷、困惑，我们不畏惧、不退缩，这是我们永远奋发向上的力量。

生命是一次次蜕变的过程，青春的种子已经种下，参天的树木注定成长。

岁月如歌，以灵魂歌唱；生命如诗，尽一生品读。本书精心甄选《文苑》杂志出版20年来的内容，每篇文章都追随读者心灵的声音，帮助他们找回曾经的感动。书中内容涉及人生、社会、成长历程、情感等方方面面，既有平凡背后的温情，也有沙粒尘埃中的天堂。也许故事中一段小小的情节或是一句话语，便足以触动我们内心深处最柔软的地方，给琐碎的生活平添一份快乐，给艰难的青春带来一股动力。

有青春
就有迷茫

目录
CONTENTS

第一辑　青春作伴好飞翔

第二辑 恨不相爱少年时

第三辑 青春是一道明媚的忧伤

第四辑　有一种友谊和我们共青春

第五辑 一转身就是一辈子

第一辑　青春作伴好飞翔

千里之行，始于足下。没有人知道明天和意外哪个会先到，趁年轻还有梦，就应该让梦飞翔！没有哪朵花儿愿意放弃春天，我们又为何要浪费青春呢？“理想正道是沧桑，人生正道是迷茫”。需要我们让青春年华承担各种责任，趁着这大好时光奋起扬帆吧！青春的追求在于播种，在于耕耘，在于收获。

挫折大学

上个世纪初，美国著名演说家拉尔夫·佩里特的足迹遍布美国城乡，先后有一百多万人听过他所作的题为《挫折大学》的演讲。在这些人中，既有学识渊博的高龄教授，也有目不识丁的青年农民，年龄和文化层次相差悬殊。但即使面对这样一群听众，拉尔夫仍然取得了演讲的成功。

女士们、先生们：

我不希望大家坐在这里看我如何表演，我希望大家能够坐下来倾听。我只是一辆送货的车子，在货车到达你们家中时，你们感兴趣的一定不是货车的外表，而是货车里所拥有的商品。

众所周知，世界上有许多大学，但最伟大的是挫折大学。挫折大学的课本是碰壁，每碰一次，我们就会得到一个教训。如果能从碰壁中吸取教训，我们就不会在同一个地方再次碰壁。我们不需要碰它，因为我们已经超越它了。我们也绝不会白碰，因为我们已在碰撞中练足了功力，我们已为下一次碰撞做好了准备。

挫折大学并非不收学费。经验是世界上最昂贵的老师。我们自被放进摇篮的那一天起，挫折大学已经将我们录取。我们再也没有毕业。一旦停止学习，我们就会碰上新的硬壁。挫折大学的校园里充满着不绝于耳的“哎哟”声。

挫折大学总共有两所学院，一所叫“非必要挫折学院”，另一所叫“必要挫折学院”；一所是我们所不需要的，另一所是我们所需要的；一种是我们碰壁，另一种是壁碰我们。两所学院我们都得上，因为我们谁都无法躲过其中的任何一所。

我们碰到的所有墙壁几乎都是非必要的。说到这里，我清楚地记得小时候所经历的一次“非必要碰壁”。当时，我只有三岁。我坐在一把高高的椅子上——椅子刚好高出旁边的餐桌，桌上的咖啡壶伸手可及。

不知怎的，我突然对那只咖啡壶产生了兴趣。但当我伸手去拿时，母亲说话了：“别碰！”母亲就坐在我的身边，她是我所知道的最爱管闲事的女人——三年来我所做的所有事她都插过手。我越想越生气：为什么母亲总是要干涉我的事情？这种“家庭暴力”我已经忍受了三年，该让它收场了——我的确让它收场了，我拿到了那个咖啡壶。

但这样做的结果是，我将足足一加仑的咖啡全部浇在自己身上——哎哟，我的妈呀！到现在我还能感受到它的滚烫！

从那以后，我明白了这么一个道理：如果不听妈妈的话，如果粗心大意，壶里烫烫的咖啡就会浇在我的身上，烫得自己全身起泡……

从某种程度上讲，非必要挫折学院的学费真的很昂贵！那让我们再来看看“必要挫折”吧！

记得有天晚上，我正在伊利诺斯州的一个夏令营里演讲，一位坐着轮椅的残疾姑娘被推进帐篷，一直被推到讲台跟前。这位残疾姑娘的脸上洋溢着灿烂的微笑——她知道什么叫挫折！

演讲结束的时候，我走到她的跟前，对她说：“小姐，谢谢您来到这儿。我的感觉是，我只是高谈阔论，真正的演讲人是您。”

“您的话很有道理，因为我知道什么叫必要挫折，”她说，“我一直生活在苦难之中。然而，在这把轮椅上，我学到了我所知道的一切。我学会了什么叫忍耐，什么叫善良，什么叫友爱，什么叫勇敢。”人们告诉我，这位残疾姑娘是这个小镇上心地最善良、最受人爱戴的人。

坐在轮椅上的姑娘离开后，一个衣着华丽的女人走了过来。人们说她是那位残疾姑娘的母亲，她非常有钱，住在镇里最漂亮的房子里；只要是钱能买到的东西，她的家里应有尽有。可是，金钱却无法买走她一脸的愁容。

“演说家先生，”她问，“为什么大家都喜欢我的女儿，却很少有人喜欢我？为什么我的女儿非常开心，我却无法开心？我的女儿总是非常开心，可她没有一件值得开心的事。我应该开心，可这些年来我从未开心过。我为什么总是不开心呢？”

能向她解释什么呢？我忍了又忍，还是说道：“夫人，我不想冒犯您，但我确实认为，您不开心的原因只有一个，您碰的壁不够多。”

文/（美）佩里特

每碰壁一次，我们就会得到一个教训。如果我们能从碰壁中吸取教训，就不会在同一个地方再次碰壁。我们不需要碰它，因为我们已经超越它了。我们能从碰壁中练足功力，为下一次的碰壁做准备。拉尔夫·佩里特于1930年去世，人们在他去世前已把他的演说集结成册。这么多年来，他的演讲集被翻译成多种文字，在许多国家出版发行，可见他的“挫折观”并没有时过境迁。恰恰相反，在物质文明空前发达、竞争日益激烈的今天，这种坦然直面挫折的人生姿态，更加具有其现实意义。

没有一百分的人生

我们都知道考卷上的分数是用来衡量一个人的学习成绩的，那是现行教育体系内检视你的学习效果的一种标准。在没有更客观或更准确的方法出现前，我想这种方式会一直存在，很难完全被淘汰。分数能即时反映出学习成绩，而且很有效率，因为我们总不能等十年后，再来验证大家的成就，然后再来决定当初谁才是该届毕业生里学习成绩最优秀的吧？

一个人的学业成绩可以用考试的分数来举证，那一个人的一生呢？可以用分数高低来代表其人生完满与否吗？如果可以的话，有一百分的人生吗？有怎样的人生分数才算是及格呢？这问题有点哲学意味，因为人生不是数学公式，可以套用计算；不是物理现象，有一定的现象可以依循；也不是化学变化，有其一定的变化规律可以观察。人生的幸福感其计算方式很复杂，对一个弱势家庭的小孩而言，一根得来不易的棒棒糖，就是天大的满足了；对一个中年企业家来说，面对一张年度报表几千万的净收入，或许他还会焦虑不安地说："怎么今年公司成长这么少？不行，再开个会检讨一下。"所以关于人生幸福指数的分数很难确定，因为绝大多数的人会因性别、年龄、职位与身份的不同，对幸福所渴望的内容也会不一样。

但其实就算是同一年龄、同性别以及同职位的人，对幸福或快乐的定义也会不一样，因为他们个性不同，自然对自己有不同的要求。两个同时进公司的年轻人，一个对事业有企图心，一个只想安稳地上班过日子，一样的加薪升职，对他们而言却有着不同的解读。有事业心的人可能会说："进公司这么多年了，现在才晋升到副主任，不行！我得再加把劲。"另一个只想安稳过日子的上班族则可能很惶恐地说："怎么办？责任大了，总要做出些成绩才好交代，搞不好以后要开始加班了。"对他来说，压力变大，变不快乐了！

真的是很难为人生的幸福感打分数，因为要论及一个人的成败，必须对他的人生全方位地检视，每个细节都必须兼顾，因为就算是完全同一个人，一样的生活条件与工作内容，也会因为他最近谈了场恋爱，心理层面起了变化，整个人容光焕发、神采奕奕，个性变得积极与开朗。所以，人生的分数既然这么难打，怎么会有一百分的成绩呢？或者分数高低的衡量标准如此分歧，要怎样才能做到客观呢？又怎样才够资格称得上完美，能够完美拥有一百分呢？

因为你可能事业成功、飞黄腾达，却婚姻失败、家庭失和；你可能学业成绩名列前茅，却与同学关系不佳，在学校受人排挤；又或许你虽然身居陋巷、贫病交迫，却受街坊尊敬、知交满天下；也或者你只是个很寻常，一点都不起眼的大学生，却有一群臭味相投的死党，常呼朋唤友地玩在一起，他们丰富了你的年少生活。由以上这些例证来看，你很难分得出谁失败，谁又算是绝对的成功！

所以人生的幸福指数或满意度，不是学校课堂上的考卷，有个标准答案可供圈选。也因此，要努力达到几分才能算是及格的人生，这问题没有人能正确地回答，因为那要看你对人生最大的期待是什么，对幸福感的定义是什么，才能去衡量与评比你的人生分数。但纵使你知道了自己现阶段想要的是什么，其实也无法给出一个永不会改变的评比分数，因为人的欲望是永无止境的，或许你很满意当下的生活状况，但几年后当你已达成当年挑战的目标时，你又会觉得不够，不满足了。因为人的幸福感是会膨胀的，快乐的标准只会越定越高，你可能永远在欲望的背后不停地追赶，却永远也追不上它贪婪前进的脚步。

我们明白人生各阶段的追求很难有统一的标准答案，因此，及格的人生需要多少分，也就不需要耗费心力去探讨。因为每个人所要的都不一样，而且还会随着时间与空间在调整与改变，人生根本就没有一个放诸四海皆准的及格分数，也因此，又怎么会有满分的人生呢？你又何必去奢求一个根本不存在的乌托邦！

以上论述的这些都是外在目标的追求，以此去检验人生的分数，我们知道从来就没有所谓一百分的人生。那对自身条件的要求呢？有可能出现个人条件满分或接近完美的人吗？当然也没有！道理一样，因为也没有一套所谓标准的计算模式可以套用在每个人身上。举例来说，你可能身高够高，但是却太胖；你外形可能长得不错，却不够高挑；或许你拥有模特的靓丽外形，声音却很难听；也或者你逻辑能力很强，却有着讲话结巴的毛病；就算你各方面都表现优异，却有着遗传性的家族疾病不为人知。总之，俗谚有云：家家有本难念的经。这世上很难找到各方面条件都完美无瑕的人，也没有零缺点一百分的人生！

文/方文山

人生没有完美，幸福没有一百分，就如同圆月和弯月，一种是圆润、丰盈的美，而另一种是残缺、哀婉、凄楚的美，人生又何尝不是如此呢？人活着其实是一种心情。穷也好，富也罢；得也好，失也罢，幸福总是伴随悲伤，快乐总与痛苦相伴，这就是人生。今天总要过去，明天充满未知，自己活得快乐没有遗憾就好。

青春里有一种叫自卑的病

我有一个同学，就叫她小A好了。小A五官精致，皮肤特别白，虽然脸上有一些雀斑，却不失为一个真正的美女。

小A的优点还有很多，她的成绩在上了高中以后越来越好，经常是班级前五名（我们那个班的前二十名都能上重点大学），她身高一米六三，却只有九十斤。令人羡慕的是，小A还有一头天然的卷发，她喜欢剪得短短的，贴在那颗不大的脑袋上，像极了《天使爱美丽》中的那个女主角。

要说小A有什么缺点的话，想来想去，大概只有一样拿不出手，那就是她的歌声不是特别动听，但如果你们知道她是全校百米跨栏比赛的冠军，这又算得了什么呢？而且小A还很乖，像她这样的女孩，居然没有早恋，让我们这些“丑人多作怪”的同学情何以堪？

是的，在我内心深处，至今还不能把自己归到小A的那个圈子里去，她有小B、小C、小D做朋友，而我也有小X、小Y、小Z们当闺蜜。我们成绩平庸，至多考第十七八名，身高也不高，最多不会超过一米六，没有运动细胞，运动会永远是躲在角落里的那一种；如果有男生青睐我们，无论如何都喜欢幻想一番，迫不及待地给人家买糖果或者咖啡。

整个中学时期，我都在想，爸妈把我送到那么远那么好的学校上学，是不是一个正确的选择。如果我留在当地，有我从小熟悉的伙伴，并且我在他们中间也算是出类拔萃的，那样，我是否会比后来的我拥有更多的能量、自信，从而变得更加优秀？

总之，那时候上初中，刚换环境，十分敏感，很难融入新的圈子，也就挺顺理成章地发现了那个A类圈，他们好像是天生的胜利者，占有一切天时地利人和的优势，爸妈特别和睦而且富有，智力和外貌都比较出众，情商还特别高，很少会犯错误。

忌妒吗？当年简直想不通！有一次去数学老师的办公室，隔着柜子听到他在给小A补课，是一张数学卷子的最后一题，讲解得十分清楚且语调温柔，轮到我进去，我问的也是这道题，老师连眼皮都没抬就说："这道题不是上课的时候讲过了吗？为什么你就是听不懂呢？"

我们很多人就是在这样一个不平等的环境中成长起来的。人们说国内的孩子看起来苦大仇深，国外的孩子看起来天真烂漫，如果环境始终是平等平和的，国内的孩子会如此苦大仇深吗？连同一个老师对待我们的态度都会不同，好像在他们心里，早就对Winner和Loser有了天然的了解，他们知道谁会给自己带来荣耀。

那么我的朋友们又是谁？她们不是出众的美女，没有特别的家世，也没有超群的智商，一般念完大学本科或者专科就毕业了，成为了外贸业务员，或是公务员，还有IT从业者。当小A们在忙着考博士或是买奔驰宝马以及操心家族生意的时候，我们只是遥望着他们，以卑微的姿态，就像十二岁时那样。

那么说，Winner和Loser，真的是"宁有种乎"的吗？我有个朋友，比我大三岁，他的公司最近快上市了，而我另外一个朋友，也将去美国进修。而同样值得说道的是一则关于穷富二代的公平原则，据说富二代变穷和穷二代变富，他们所需要的时间基本持平，并且寿命都不比普通人占优势。

我想在关于对小A们的看法里，最应该放弃的就是自己的自卑。当我们的内心真正放下自卑，不再纠结于长相、家世、财富、学历、智商……能够与小A们谈笑风生笑看风云的时候，也是我们真正长大成人的时候。

令人遗憾的是，身边有很多人终生都不愿意长大，不愿意改变自己，永远活得比小A们低等且可悲。

人生的行旅也许天马行空，但岁月留下的只能是我们自己的体温。感谢生活，为我所拥有的；感谢生活，也为我所没有的。

文/麦兜兜

心理学家认为，一个人如果自惭形秽，他就不会成为一个漂亮的人；如果他不觉得自己心地善良，即使在心底隐隐地有这种感觉，他也成不了善良的人；如果他不相信自己的能力，他将永远不可能成为事业上的成功者。正如拿破仑所说："默认自己无能，无疑是给失败创造机会。"从这个意义上说，树立自信心是战胜自卑感的根本方法。不必总是欣赏别人，也欣赏一下自己吧，你会发现，天空一样高远，大地一样广大，你与别人有一样的活法。走向超越只有靠你自己。

送给那些落榜的孩子们

那年，我十八岁。高三，黑色的七月。

落榜了，恰好雨季也来了。

雨一直在下，没完没了的样子。我只差三分就达到本科线了。老师曾经说我上重点大学都没有问题的，可我落榜了。

看了榜回来我就病了。父亲说带我去北京买上次没舍得买的那条裙子，母亲煮了我爱喝的红枣汤。

我仍旧是发烧。当时还是平房，院子里有两棵枣树，已经结了枣，在窗前，雨一落，枣树的叶子上有许多雨滴，一滴滴落下来，像是眼泪，流进我的心里。

我知道自己是为什么落榜的。

高三这年，我迷上了写小说，开始发表作品。全校所有同学都知道，有一个写文章特别好的女孩子，那是我。于是我飘飘然了。

霸州一中的院子里有很多合欢树，后来，它们成了我的一个青春情结。我在许多小说中提到了合欢树，一树一树的花开，粉红的，伞状的，在六七月份争奇斗艳，分外芬芳。

那个树下忧郁的少女开始发表一些零散的东西，在报纸上，在当年的《河北文学》上，完全是一副文学女青年的形象。记得南京有份中学生看的报纸叫《春笋报》，一个编辑叫孟秋，他编辑了我的文章，而且写了一封信鼓励我。十多年后，我在《南方周末》上看到他写的文章，疑心他就是南京的那个孟秋编辑，后来，看到他又到《现代快报》做编辑，只是不知这个孟秋是不是当年的孟秋，我写“他”只是一厢情愿地认定他是男编辑，其实，他或许是个女编辑也未可知。因为，年少时的记忆是那样强烈，以至于我现在看到这个编辑的名字都会心头一热。

当时我也是学校的名人了，因为别人会直呼我的笔名，而且，我的学习成绩也不错，老师早已对我寄予了厚望。

可是，我落榜了。这是不争的事实。

许多平常成绩不如我的同学都考上了大学，她们兴高采烈地来找我玩，商量买什么样的旅行包去旅行。其实她们并无恶意，可在我听来，却是如芒在背。

到哪里去呢？去姑妈家？去乡下的外婆家？那里的亲戚邻里一定也会问起高考的事情。到哪里也逃不出噩梦了，出去就会有人问：“考上了吗，多少分？”

我已经快崩溃了。才女立刻变成了被人同情的对象，我感觉到世界这么小，到处是雨季，没完没了的雨季。

父亲已经为我张罗去当兵的事了。母亲说：“如果成不了，就去新华书店上班吧。”读大学，仿佛已经是一个遥远的梦了。

我哭了很多次，戴着耳机听齐秦的歌，那些感伤的歌，每一首都像是写给我的，特别是那首《狼》，总让我想爆发，想对全世界喊几声。

可我仍然哪里也去不了，仍然不断有同学来找。

绝望和颓废让我真的快崩溃了，我瘦了十多斤了，不过几天之内！

那天，外面依然在下雨，父母都去上班了。我忽然有一个念头——

我要离开这里，越远越好，这个地方，实在不能待了！

说干就干！我找了几件衣服，然后把母亲钱包里所有的钱全掏干净了，大概有七八十块的样子，我给他们留了一张纸条：我去散心了，不要找我，我没事的，会回来的。

其实我也不知道自己要去哪里，反正，我就是要走，不能留在霸州了，这个地方太可怕了！

骑上自行车我就出了门，一直往东骑了下去。东边是天津，我去天津吗？在跨上那辆半新不旧的斯普瑞克自行车之前，我还在犹豫去哪里，在骑上去之后，我决定了——我要去北戴河，我要去看大海！

在此之前，我骑车最远去过白洋淀。白洋淀离我家只有六十公里，还是和别的同学一起去的。我们曾经说过很多次要去看大海，但说了好多年，一直都是停留在嘴上。

我决定了，十八岁这年，我要去看大海！

我的心情还是一样沉重，眼睛里一片模糊，我有些伤感，却觉得也自由了，终于没有人问我分数了，终于没有人问我是不是考上了大学。

一直向东，我的腿开始发沉，嘴开始发干，但我一直坚持。出太阳了，很毒的太阳，马路上只有我一个人，我一个人向东，一直向东。

那时路上很少有卖水的，像我这样的骑车人几乎没有，来回穿梭的也都是大卡车。我骑着，不知哪里是尽头。

晚上，当我下车之后，差点趴在地上。我到了天津，跑到一家叫建华的小旅馆，住一夜只要五块钱。进了门，我俯到水龙头下就喝了一肚子凉水，然后便一头栽倒在了床上。

吃的是凉皮，再加上喝凉水，于是我开始拉肚子。幸亏老板好，找来了氟哌酸让我吃，也幸亏年轻，第二天早晨就好了。老板说：“傻孩子，这是要到哪儿去？你看你车胎全被扎破了。”

我给了他三块钱，他找人帮我修了自行车，然后说："带上一瓶子水吧。"我舍不得花钱买，他给我装了一瓶凉白开，然后告诉我一路小心。

事隔多年，我仍然记得他给我的氟哌酸和凉白开，后来我多次去天津，再也看不到那家小旅馆了，大概早就拆了吧。

到达山海关时，我又黑又瘦了，那已经是两天以后。

当我看到"天下第一关"几个字时，我把自己那辆破自行车举过了头顶，年轻的时候，我是多么有劲又多么狂热啊！

我看到了大海！

一个没有看到过大海的人终于看到了大海！

如果一个人只是在想象中看大海，那么，大海就是很大很蓝，可是，你真正看到大海时，才发现，不是这么回事。

大海，更像一滴巨大的眼泪落在了地球上。

我在海边的沙滩上，忽然觉得有什么东西热热的，一直流到我的耳朵里。开始我只是默默流眼泪，后来，我干脆放声大哭，哭的声音很快被海浪淹没了，和这些咆哮的海浪比起来，我的哭声那样小，甚至，微不足道。

很难说清那是一种什么心境，刹那间，我似小僧悟道，突然之间心清心明了，"面朝大海，春暖花开"，那时我正读海子这首诗，这句诗后来被广泛滥用，但在那一年，没有人比我更能懂得它的真正含义。

我就在海边一直呆了三天，几乎花完了所有钱，买了好多珍珠项链，拣了好多贝壳。我无比迷恋海，看着海浪退了来，来了退。我想通了，人生也是如此，进进退退，不可能一直向前的，我也决定了，回去复读！虽然我那么那么地不愿意上高四，虽然我要低下头忍耐一年，可是，我真的要读大学！

当我返程骑到家时，父母哭了。

他们没有打我，但母亲的头发白了好多，父亲瘦了十几斤，他们去登了寻人启事，四处找我。母亲抱着我哭了，我却傻笑着，递给她自己从北戴河花几块钱买的珍珠项链，我说："妈，戴上准好看。"

第二年的七月，我考上了大学。"高四"复读的那整整一年，我没写一篇小说，我做了一年"两耳不闻窗外事"的书呆子。

我是看了海浪之后明白的，人生，是需要进进退退的。

上大学后，我重操旧业，写小说，执迷于文字。多年之后，我出了四十多本书，而且很多书被翻译到国外，有些书登上畅销书排行榜，后来，我又任教于中国戏曲学院。有人问我，你是一直这么坚持的吗？

我笑着告诉她，我曾经放弃，因为放弃，是为了更好地往前走。

感谢十八岁那年的那一次远行，它让我明白，人生必得经历挫折，花必得等待春天，虽然有的花的春天来得晚一些，可每一朵花，必有它自己开放时的模样。

文/雪小禅

每个人都有失败的时候，失败不能决定一个人的能力，更不能决定一个人的命运，真正决定命运的是一个人面对失败的态度。塞翁失马，焉知祸福。高考不过是我们人生不断成熟成长的一个过程，进入知识殿堂的路不是唯一的，条条大路通罗马。如果你内心足够强大又很有毅力和决心，耐得住寂寞，你也可以挑战自己，在社会这所大学里，一边积累社会知识，一边上电大、上自考，再考研……无论是殊途同归还是曲线救国，只要你有一颗拼搏上进的心，什么都阻挡不了你前进的脚步。

我在表演系九二班等着你

戏剧学院的考场里，老师问前来面试的女孩子："你能谈谈自己的成长经历吗？"

女孩低着头，浑身颤抖，十分紧张地回答："生活中我最怕的事是考试，最怕考试成绩下来，要我父母签字的那一刻。我的一个非常要好的同学跟我讲，她总有一种想从教室四楼楼顶跳下去的冲动。我也有这样的念头，但我又实在没有勇气把自己杀掉，于是只好惴惴不安地继续活着……"老师们的脸色渐渐阴郁起来，他们认为，这个女孩太灰色了，对生活一点热情也没有，今后怎么会有激情去塑造各种角色呢？最终，女孩被戏剧学院拒之门外。

这次落榜，对女孩的打击是巨大的。从小到大，她一直生活在自卑感中，即使在父母眼中，她也是一只不折不扣的丑小鸭。在家里，聪明帅气的弟弟夺走了父母过多的宠爱；在学校，尽管她的成绩尚可，但敏感脆弱而又性格孤僻的她总是被人遗忘在角落里。出于对艺术的热爱，她鼓足了十二分的勇气报考戏剧学院。没想到，梦想还没开始，就结束了。

"癞蛤蟆想吃天鹅肉""不自量力"……她仿佛听见无数嘲讽的话语向她袭来，她对生活真的没有热情了。这时，同样落榜的另外一位学生提议："不如我们再到北京电影学院去碰碰运气吧。"她的心猛地一抖，是呀，事已至此，权当做最后一搏吧。

到北京时，已经是报名的最后一天了。报名处一位女老师趴在桌子上写东西，她小心翼翼地走过去说："老师，我想报名。"女老师抬起头扫了她几眼，微微点了点头，随手递给她一张报名表。在这位女老师的关照下，她破例获得了专业考试的机会。然而，在考场上，她并没有表现得很好。舞蹈课考试中，所有前来应考的学生表演蛤蟆跳，她无论如何也迈不动腿，执拗地坐在一旁观看别人欢蹦乱跳。从电影学院出来，她预感到：彻底没戏了。

回到家里，她把自己封闭在狭小的房间内，拉上窗帘，看不见一丝阳光。对她而言，黑暗的除了小屋，还有前途。她不敢面对任何人，也不知道自己的明天在哪里。日复一日，她与世隔绝，更像是被世界遗忘。突然有一天，楼下传来一阵清脆的车铃声，接着有人高喊："袁立的信，北京来的。"她万分诧异，赶紧拆开信封，看着看着，泪雨倾盆。信里这样写道："袁立同学，你好！我叫朱宗琪，就是给你报名表的人。我相信你一定能成为电影学院的一员，我在表演系九二班等着你。""我在表演系九二班等着你"，这样一句话，对于当时的她来说，无异于黑夜中迷失在大海上的小船看见了灯塔，顷刻间，她的世界全亮了。她这只小船重又涨满风帆，带着必胜的信念，刻苦攻读文化课程，终于成功地考上了北京电影学院。

如今，袁立已是国内炙手可热的女明星之一。这封信，她一直珍藏着，因为这是她人生最黑暗的时候朱老师为她点亮的一盏灯。同时，袁立也深深懂得，人生不可能处处都靠别人来点亮一盏灯，更多的时候需要自己来点亮。电影学院毕业后，她一步步地确立了自己在影视圈的地位，一步步成为最具收视号召力的女星，期间也遭遇过各种坎坷和波折，只是已没有什么能让她迷失方向一蹶不振，因为她学会了为自己点亮一盏希望的灯，不再因苦恼而抱怨，不再因困顿而颓废，而是让自己轻轻松松、简简单单地走出生活的阴影，走出人生的低谷。

许多时候，人生的黑暗看似无边无际，逼得人喘不过气来，但它的克星却只不过是一丝灯光。绝望的时候，请为自己点亮一盏希望的灯，所有的艰难都是暂时的，保持着一份乐观的心态，积极地面对前方，成功的彼岸或许并不遥远。

文/朱晖

当你碰到低潮时，看你好戏的人很多，真正能为你打气的人很少！或许你的老师、长辈会为你打气，但他们也无法天天拍你肩膀，鼓励你。让人扶着走，不如靠自己的力量去爬、去走、去闯。其实低谷并没有多可怕，只要咬紧牙关挺过去，就会有意外的收获。

向十七岁半的先生道歉

那天晚上他充满了怨恨，他是那样的怨恨。这个城市这样繁华，人们的生活是那么富有，他们兴高采烈地将那么多的物品丢到购物车上，连价钱都不看。而他，却要不回来自己辛苦一年挣得的为数并不多的血汗钱。

春节临近的时候，他跟着工友一次次去要钱，又一次次被拒之门外，而最后一次，竟然是人去房空。他出来一年，到最后手里只剩下了六十八块钱，都不够回家的车票钱。

他才十七岁半，要过完了年又过完春天才到十八岁。读到高中，家里实在没有钱供他继续念书了，爹狠狠心，把他从学校拉了回来，说："想念书，自己去赚钱交学费吧。"

他把眼泪擦干，拿起再简单不过的行李跟着几个同乡出了家门。坐了一整天的车到达城市，又跟着他们一头扎进尘土满天、机器轰鸣的建筑工地。那是一栋盖了一半的高楼，听说要盖到三十层那么高，他想：三十层的楼盖起来，他就可以回去继续读书了。

他干得很卖力，觉得楼每高一层，离自己的梦想就近了一步。原本有些消瘦的身板，耗得几乎瘦成了一根竹竿，心里却是充满了喜悦，在辛苦的等待中喜悦着。直到那天晚上，他年少的心，承受了梦想被彻底粉碎的绝望。

终于没有忍住，他站在那里，背过身去，眼泪很没出息地落了下来。怨恨就在那些眼泪无声的流淌中，一点点塞满了他的心。心好像要炸开了，想发泄，想做些什么，想报复……而那些同乡，他们却似乎是习惯了，只麻木地叹息，眼神无奈而无望。然后，他们三三两两聚在一起，拉着他说："走，买酒去，喝点酒就不想了。"

他的心一阵疼痛，然后又是一阵绝望，一阵怨恨。他擦了把眼泪，被他们拉扯着进了离工地不远的这个大超市。超市在街的斜对面，有个好听的名字，叫"家世界"。一年的时间，他连一次都没有去过。那时候他想，等拿到钱，一定进去给爹和娘买点东西带回去……想着，他的眼泪又下来了。

琳琅满目的商品慢慢牵住了他的视线，他看到了许多甚至叫不出名字的东西，它们那么光鲜诱人，就那样摆在面前，似乎垂手可得。那些衣着光鲜的城里人随手挑拣着，他却不敢碰它们，怕弄坏了，因为不敢，他心里更加的恨，恨这个世界的不公。

在同乡的催促和建议下，他拿了一瓶两块五毛钱的二锅头，两块钱一大袋的膨化食品，还有两个打折后不足两元的面包。然后他跟着他们朝门口移动，袖子里，塞着那只沉甸甸的剃须刀。他想，他要把它带回去送给爹，爹还没见过这么好的剃须刀呢，这是城市欠他的。

他也要用这样的方式，来报复骗了他的城里人。

终于挨到了付款台前，他的心忽然开始狂跳起来，藏在袖子里的小东西忽然变得格外沉重。他掩饰着，却觉得脸在出火……

收款的女孩看起来比他大不了几岁，笑容和蔼，小眼睛，看着却格外亲切。女孩收款、找钱，然后将东西仔细装进袋子中，说："请走好。"

他松了口气，心虽然还狂跳着，却忍不住有报复后的快感。趁人不注意，他迅速将袖子中的剃须刀放进了袋里，朝着那个正对收款台的出口走去。

他只迈出一只脚，报警器就刺耳地响了起来。他愣住了，他压根就不知道也不会想到，看似管理疏忽的超市，竟然还有这样的装置。他能感觉到周围人的眼神都朝这边投了过来，而不远处，保安也正迅速朝着他走过来。他站在那里，看着保安的逼近，完全傻掉了。

可谁都没有想到，就在保安到达他身边的前一刻，那个女孩，那个收款的女孩竟突然地挡在了他面前，在所有人的注视下，大声说："对不起，对不起，刚才我不小心把一件没有刷过的商品丢进了您的购物袋里，请您原谅。先生，实在对不起……"

她连声地道歉，更让他傻了，一连串的事情让这个不足十八岁的农村少年，根本无法应对，他只是那样呆呆地站着，任由那个女孩拿过他手里的袋子，一脸歉意地跟保安解释着，然后带着他走出人群，回到收款处。

他，像个木头人一样，机械地、呆滞地跟随着。心都好像不再跳了。

女孩在台子上将袋子打开，拿出那个剃须刀，放到一边，好像真的是她不小心放进去的一样。然后她又重新将他的袋子整理好，递给他说："先生，刚才真的对不起了。"

他慌乱得说不出话来，压根不敢抬头看她。她跟他道歉，还叫他先生。他来到这个城市一年了，从来没有人这样对过他。他相信她是故意这样做的，她是为了他。

心，忽然就有说不出的酸，说不出的委屈，又有说不出的感动。他依旧低着头不敢看她，一把抓过袋子，恨不能飞快逃开。只走了两步，却又听她在身后说："酒要是买给自己的，就少喝点，你还小呢，碰到事，要朝宽处想……"

他几乎是奔跑着逃了出去，快步地跑着，不顾工友在后面喊他的名字。一直跑出灯火辉煌的超市，他急急穿过马路，站在那栋三十层的高楼下，呆呆地站着，眼泪流满了一张脸。再也忍不住，他将手里的东西丢出去，蹲在地上放声大哭。

半年后，他回到了学校。他终于通过正当渠道拿回了工钱，又打了半年工，攒够了学费。三年后，他考上了大学。在城市，他一边打工一边念书，在这样的生活里，也会受到许多委屈和许多不公正的对待，可他始终充满信心充满希望地对待着他的人生。他知道，那样的错误，他今生不会再犯。因为他一直记得那年的冬天，一个女孩为了掩盖他的过错，所给予他的昂贵的道歉。

他十七岁半的时候，那个女孩，尊敬地叫他先生。他便是在那一刻开始，长大成人。

文/海宁

人非圣贤，孰能无过。每个人都有犯错的时候，如果没有人拉着，只会越陷越深。这就像掉进水里，又不会游泳，这时，如果没有人肯伸出双手，就可能会被淹死。超市的收银员伸出了她的手，对十七岁半的他来说，以后是新的人生，新的机遇。当我们用浑浊的心灵感受世界，世界是一片黑暗的；用清澈的心灵感受世界，世界是一片晶莹的。人的一生，就像是一趟旅行，沿途有无数的坎坷不平，但是也有看不完的春花秋月。如果我们的心总是被灰暗的风尘所覆盖，干涸了心泉、黯淡了目光、失去了生机、丧失了斗志，我们的人生轨迹怎会美好？而如果我们能保持一种健康向上的心态，一颗宽容他人的心，生活永远不会失去希望。

父亲的眼神

一个背影，让朱自清潸然泪下；一个眼神，让我终生悚然汗下。

那是在我上中学时，因为有“瘸腿科”（也就是有的科目成绩好，有的科目成绩差，彼此不协调），加上当时传说文理不再分科，尽管我的语文、英语成绩始终居班里前几名，但是数理化成绩却出奇的差。这样的状态，肯定高考无望。因此，高一期末考试前，我彻底失望，回到了家里。

因自觉惭愧，回到家听说父亲正在田里拔草，我赶紧戴上草帽，到田里帮忙。学都上不好了，再不勤快一点，会被人骂为“二流子”的。顶着烈日，到了田里，我告诉父亲，不想再上学，反正学不好了，还不如干脆回家种田。

我以为父亲会勃然大怒，他始终对我寄予很大希望，当了一辈子的“睁眼瞎”，他不想我走他的老路。但是，父亲始终埋着头，并不理会我的话，好像没有听到我在讲什么。我不怕父亲发火，却怕父亲的沉默。我不敢再讲话了，只好随着他卖力地拔草。近午的太阳很烈，汗水在身上像虫一样爬，衣服贴在身上，黏黏的很难受。我很想歇一歇，抬起头，父亲仍然在埋着头拔草，我怎好意思停下来……

中午，回家吃过饭，父亲仍然没有就我的退学发表意见。让我说什么好？情况很不妙，我知道，越是在闷热干燥的夏日午后，越会有突如其来的狂风骤雨。这沉默，让我忐忑不安。

吃过饭，父亲说："走吧，去地里把地瓜秧翻一下，要不然今年地瓜就收不到了。"我拿起锄头跟着他就走。我就不信，父亲能干，我就不行。

夏日午后的太阳实在太厉害，汗水让我睁不开眼。要在学校，现在正是午睡的时候。我早已呵欠连天了，看父亲，光着黑黝黝的脊梁，仍在埋头翻秧。趁着父亲不注意，我跑到树阴底下枕着锄头就睡着了。

然而没过多久，我就被父亲推醒。睁开眼，我看到父亲冷冷的眼神，那眼神很复杂，既有不屑、鄙夷，还有悲哀、绝望，好像还有许多我一下子说不出的内容……

"当庄稼人你也不够格，躺在地头睡觉庄稼就会长出来？看你那个样，二流子都比你强。你哄庄稼一天，庄稼就哄你一年，赶快起来！"

父亲的眼神让我受不了，我的后脊背已经有汗流下来了，不是热汗，是冷汗。

当天晚上，回到家，我浑身骨头都散了架。摸着胳膊上已经晒脱了皮的地方，我的心里早已乱成了一锅粥。

第二天早上，天刚蒙蒙亮，父亲又把我推起来。一睁眼，又是那眼神……我坐起来，恶狠狠地说了句："我要上学！"

后来的事情就变得很简单，高考后，我考上了大学中文系。再后来，到电视台当了一名记者。

尽管我远离了家乡，远离了父亲，但那眼神始终占据了我的记忆，回想起来就让我不安——对于学习，对于工作，我尽力了吗？我有没有哄它们？

时至今日，我最喜欢的歌还是蔡琴的《你的眼神》。这歌的旋律很美，很忧郁，很沉静，很悠远，父亲的眼神不这样，但我想起来却抑制不住自己汹涌的感情。伴着歌声，走到院子外，望着满天的繁星，我不由喃喃自语："山一样沉默的父亲，我忘不了你的眼神！"

文/黄斌

文章讲述了作者因学业不顺，辍学回家务农并屡屡受挫，经父亲的教育和鞭策，才幡然醒悟，又返校复学，直至走向成功。文中的父亲用实践证明，做任何事如果不用心都不会做好，用一个眼神激励并鞭策着作者。"那眼神始终占据了我的记忆"，之所以"回想起来就让我不安"，是因为作者害怕自己没有理想，放弃追求；怕对学习、工作等还不够尽力；怕愧对父亲。

写给即将上大学的你

生活，在哪里都一样。不一样的是，你如何生活。

我有一个好友D，她不吃早餐，偶尔逃课，时常熬夜，对所学专业持怀疑态度。在大学校园里随机挑十个人，八个都和她相似。

某一天，我向她借移动硬盘，发现500G的空间几乎全被装满。所有的内容分门别类，安置在十几个文件夹里。除电影以外，其余的内容几乎都与学习相关——公开课、纪录片、英语听力、电子书……问她，这些东西看过多少？她答道，不到三分之一，面带愧色。花了不少时间下载，都是有用的东西，以后可能用得到，她又补了一句。事实上，那剩下的三分之二也许永没有重见天日的那一天，我们彼此心知肚明。

几天后，听说她又买了一个新的移动硬盘，那些在下载名单上排队的资源终于找到了去处。于是，新一轮填满500G的征途又野心勃勃、兴致盎然地启程了。

这情景对现代人应该都不陌生。谁的电脑或硬盘里没有几个、十几个G可能会在某天有用但从来不会再次打开的文件夹，每当在网上遭遇可以填补自己知识空白的资源，我们会像打鸡血一样亢奋，手指会毫不犹豫地点右键“另存为”。然而一旦确知它已躺在硬盘的某个位置，彼此之间的蜜月期也会随之结束。下一秒，我们的笑容已献给另一个“它”。

在微博上反省自己的知识焦虑，反省自己“看似积极的人生”，却不知微博就是焦虑和看似积极的一大凶手。

人人、开心、微博、豆瓣……这些带有不同社交性质的网站构成了人们虚拟生活的大部分，并开始控制着人们越来越多获得信息的渠道。在社交网站上，我们的时间以两次刷屏之间的喘息区分，凭状态、照片、视频丈量形状。它一点一点侵蚀着我们对阅读保持的耐心，对事实判断的逻辑思考。我们甘愿被最新鲜的新闻、最流行的段子、最隐晦的笑话填充；我们习惯于迅速得出结论，习惯于寻找宣泄的渠道，习惯于和大多数共舞……我们错把信息等同于知识，又错把知识等同于智慧。我们努力保持和时代同行，其实早已把自我像影子一样留在身后。

某年暑假我的室友在新东方上BEC（商务英语考试），班里的学生几乎都是大学生。她旁边坐的女生是天津某大学的大一学生，借住在亲戚家，专程来北京学英语。大一就学BEC，听上去很牛很积极，但实际情况是她天天上课都十分疲惫，精力不济。十多天下来，倒有一半时间是睡过去的。

室友课后与BEC听力的老师闲聊，得知这样的情况不是个别现象。听力老师一针见血，分析现在的大学生有种学习的错觉，大概认为自己报了一个班，就等同于掌握了那门知识。把完成学习的仪式放在首位，听课认真与否反倒不重要了。凡是上足课的学生绝大部分能通过，问题就在于许多学生无法坚持下来。

积极追求的姿态背后必然少不了欲望的撑腰，对学业，对事业，对生活，对未来，渴望一切变得更好是人之常情。然而就像执行力是衡量一支球队的重要指标一样，教练布置的战术再好，执行不到位也是枉然。欲望一旦超出能力可控制的范围，人们不仅会对大量一知半解的知识产生抗拒，焦虑情绪也会顺势而上，径直将他们拖入无底的黑洞。

这样的“学习焦虑症患者”屡见不鲜，我自己就是。我时常一边用电脑下载着各种资源，一边对老师开出的书单狼吞虎咽。这样的状况愈演愈烈，直到某天在思想史的读书课上，那位头发斑白的老师向我们分享他的读书经验。他说，年轻的时候我每读一部书都必做读书笔记，后来不了，因为书读多了，单是笔记都看不完。不如停下来，就挑几本书，扎扎实实慢慢读，思想的变化反而更明显。

这话一直在我脑子里绕，回到宿舍，翻出那些被压在书柜底层的书。它们的内容早已被我淡忘，只知道写得真好，第一眼就知道。推开那些“待读”、“待下载”、“待完成”，今天的我只想漫无目的地在旧书堆里徘徊。

说来惭愧，我有这个毛病，出国之前觉得出国就能一片光明，买了本六级单词就觉得所有的单词都背下来了，很多书下载下来，也就只是放在那没看，甚至网页都保存了一堆，说是以后有空再看，就再也没看过，其实就是怕自己没下，就比别人少了什么。曾经上T的硬盘都感觉不够用，还到处炫耀，其实傻得很。

不过自从新的生活开始之后，终于明白了书不看就是一堆废纸，公开课不看就是一堆数据，单词不真正坚持去背就是一堆字母而已。

可以一个月看一本书，看公开课，把下载过的东西计入时间表，刚开始很艰难，其实习惯就好。

规划好你自己的时间，你自己的生活。你要明白生活的意义与目的。

生活，在哪里都一样。不一样的是，你如何生活。

文/王迪

重要的不是在哪里生活，而是你想要什么样的生活；重要的不是你从哪里来，而是你能到哪里去；重要的不是追求的姿态，而是积极的行动；重要的不是你现在有多优秀，而是你还能优秀多久；重要的不是你毕业于什么大学，而是毕业后你能过什么样的生活。你生活的起点并不是那么重要，重要的是最后你能到达哪里。

高考就是和自己下的一个赌注

如果高一、高二、高三的你们看了这篇文章能够更加珍惜现在的生活，那将是这篇文章给你们带来的最大“福利”了。

我想从自主招生说起。我的自主招生之路很尴尬。原本在期中考试之后很顺利地拿到了北大的校荐，信心满满。后来为了保险起见，又向清华寄出了自荐信。几个月后，北大的自招第一轮就惨败，反而拿到了清华的自招加分。这着实困扰了我很久。学文科的孩子选择清华，专业比较少，经管那种专业更是佼佼者的专利。但是，如果选择北大，就意味着裸考，没有任何形式的加分。最终我还是决定“歇斯底里”一把，放弃了清华的加分，选择北大。正所谓被逼上绝路才能想出绝招。结果正如大家所看到的——我被北大录取了。

其实我想说，拿到自主招生的分数固然是件好事，但是一旦失手了也并不会怎样。有没有被自招影响更多其实看的是心态（如果你能正确看待这件事的话）。这里要为即将走进自招考场的同学们祈福，希望大家在考场上一切顺利，发挥出自己的实力！一旦出现了失误，千万不要给自己太大的压力，让它过去吧！即使那所高校第一次没有选择你，但你要在高考中让它对你刮目相看！

有人说，高考是千军万马过独木桥。不一定有那么恐怖。高考其实是自己和自己下的一个赌注——看看我到底能走到哪一步。

高三，是拼搏，是奋斗。

现在，毕业已经半年了，我还是时常回忆起高三的场景：早上到校先组团去接水，然后回到教室里全体起立，唱国歌，坐下以后就是课代表在前排发试卷和机读卡，早读练习，接着是课堂，历史、地理、英语通常是忙着做笔记，数学课就是不停做题，还好语文课和政治课可以稍微缓一缓；课上忙碌，课下也不例外，有时候忙着答疑，有时候忙着睡觉，还有时候无聊地在楼道里转悠；晚自习这段时间是奇葩，我经常到七层会议室外面，拿起历史指导或者政治讲义开始背……也没想过为什么，只是大家都这样。

回到宿舍常常就精疲力竭了。我清楚地记得，每到这个时候我都会看一篇文章，是广西的一位文科状元写的关于高三的回想，非常励志，叫《我们都不是神的孩子》——“一颗心，是绝对不会因为追求梦想而受伤的”在历史笔记的第一页；“生活可以是无趣的，但自己一定要快乐”在数学笔记的第一页；“每个人都有歇斯底里的本源”在政治笔记的第一页……

高三，有理想，有合作。

第一次如此真实地面对自己的理想，是在手握师兄师姐编写的《大学专业介绍》的那一刻，我们为理想的准备已经开始。幸好在追寻理想的路上，我不是一个人。

在第一次交流活动上，我们就被老师教导，坐在这个教室里的不是你们的对手，而是战友。这一年的合作简单得不能再简单，尤其是在备考之前，大家坐在操场上（不排除有的时候是躺在操场上），“说一下市场经济的相关知识”、“背一下文化的社会作用”……然后所有人说出自己记忆中的知识，互相补充互相提醒，完善知识体系，彼此帮助记忆。这种简单到简陋的合作形式竟然贯穿了一整年的复习。

有太多关于高三和高考的回忆，这一年蕴含了人生的多种滋味。但独特的是，它们交织成了十八岁的成人礼。每个人的十八岁都在以不同的方式度过，我庆幸——我奋斗过。

看过了身边同学的失利，我无意对高考这种选拔制度表示赞同，但是，感谢高三、感谢高考。因为有了高三，我的十八岁是拼搏的，是奋斗的。人的一生中，像高三这样，全身心专注于一件事的经历不会很多。同样的，像高三这样只要你需要帮助就会有人全力帮你的经历，在一生中，更不会多，而高三的老师们、同学们可以做到。

如果十八岁的青春是拼搏、是奋斗、是理想、是合作，那么，十八岁的青春理应属于——高三。

文/王一鸣

求学之路的失落与得意、清晰与迷茫，取决于你拥有一个什么样的心境。努力中会有失败，会有失去勇气的时候，但我们必须努力，我们正在努力，我们需要坚强，需要沉默，需要意志。一切都只是过程，成功与快乐才是终点。我们不是神的孩子，只是有梦的孩子。我们会经历大考小考的失败，但永远不会放弃努力与梦想。环境只能影响我们，但不能决定我们的未来。决定未来的只有我们自己。踏踏实实做好每一件事，努力让梦想照进现实。

这个世界十八岁

看着花开一季，花落一季。何去何从，多少离合悲欢，羡慕着那些仅有的幸福。希望时光慢一点吧，把该看清的都看清。

其实思想和世界一起出生，一起长大。

你睁开双眼的一刹那，就和他相见。他在向你微笑，你也在用没有辨别力的眼睛努力表示友好地看着他。他俯下身用他无尽的胸怀拥抱了你，你想抱住他时，却只能哭泣。

其他人看不见他。他只在你身边出现着，伴随着你成长。

他将世间的万物教会于你。世间的丑恶，世间的善意，世间存在的情感，那是一种即使站在死亡边缘也不会抛下你的爱。你说你和你的家人都是世界的孩子，但世界却坏笑着回答：“我和你同岁。”

没有人真正地明白，他到底是从何时开始出现，他的背景似乎永远也调查不完。

他从一岁开始，和你一起在你家人的搀扶下学着走路，蹒跚着走走停停。他也会在旁边静静地笑着看你进步。你每艰难地向前走出一步，他在路边拍着手鼓励，但他似乎在学走路这一阶段总比你聪明得多。

三岁的时候他和你在院子的草地上嬉戏，他把皮球弹到空中，让刚好跑去接球的你在球掉落的方向摔了个跟头。视差是个讨厌的东西，有点奚落人的兴趣。尽管是在草地上，但你还是哭得很费解。他将你拉起，无形的手搭在你小小的肩头，他看着你意味深长地说着：“不要为本来不该哭泣的事情而哭泣，要知道，矫情的眼泪得不到同情。”你虽然还不是特别明白他说的话，可你居然忍住不再哭泣。

六岁很快来到，在享受了两年无忧无虑的欢乐时光后，你踏进了小学的大门。虽然比同龄的小朋友早上一年学，但你依旧开心地跑跑跳跳，并没有与同学有距离感。作为初来乍到的幼稚小学生，你天真地和那些与你同样幼稚的同学打成一片。他偶尔会再来看看你，却只是在校门外面不曾进来。你只记得他对你说过，朋友是一生中最重要的东西。

转眼，早已十二岁的你如一只释放的小鸟飞出了小学的大门，向人生第一个转折点初中飞去，你没有选择压力太大的重点私立中学，而是挑选了一所普通的公立学校，你认为你会在那里找到另一份尊重和信赖。他同样坚定地看着你点头。

十五岁的你，又一次经历了人生第二个转折点。你这次上了一所暗淡的普通高中，面对将要踏入社会的压力，你开始发奋学习。他悄悄来到你身边，用温和却不容抗拒的语气说着：“再加油，再努力。”

你和他没有再怎么联系过了，他忙到没有时间来看你。日子就这样一天天过着，十八岁，你步入了高考的考场，世界赶来向你打气，说他在不远的将来等你的出现。你从未看到过他如此淡然，但心里没有石头毕竟是轻松的。于是就在那个决定你未来的座位上奋斗了三天。

等待，要比考试更加令人窒息。当录取通知书飞入你家时，你不再焦虑和担忧，而是要把这个好消息告诉陪伴了你十八年的世界。

原本以为忙得抽不开时间的他不会赴约，但没想到他却如约来到。你和他并肩坐在儿时玩耍的草地上，那个告诉你一长串道理的草地上。地方依旧是那个地方，只是坐在那里的人已不再是当初懵懂的人了。也许告别是另一种新的开始。他不再陪着你走接下去的岁月了，他将永远十八岁，而你却在一天一天地苍老着。

你看着他像当初第一眼看到时友好，他也在微笑。

一声道别太重，一句“再见”太轻。该如何感谢我们走过的那段岁月？花开一季，花落又是一季。

这个世界十八岁，也只能十八岁。

文/张佳羽

从我们睁开眼的那一刻起，世界就一直陪伴着我们，看着我们一天天成长，从一岁到十八岁。十八岁，我们每天坐在教室里，忙忙碌碌地为自己的梦想打拼；十八岁，让我们及时享受青春的美好，抓住青春的尾巴，热爱生命；十八岁，世界仍是我们的，但是我们要牢牢记住：流逝得最快的是时光，检阅不起的是忧伤。别了，十八岁的泪水与欢笑。世界还是那个世界，而我们会努力变成更好的自己。

第二辑　恨不相爱少年时

青春匆匆走过，既留下了深深的脚印，又刻下了浅浅的伤痕。爱情是青春里的花朵，总是在每个雨季过后，悄然的开放。那些誓言，那些曾经，那些美好，那些山盟，那些青春，都随着又一个雨季，随风凋零了，消逝了，暗淡了，模糊了。在无处安放的流年里，美好的记忆被尘封。

暗恋是一颗残缺的种子

暗恋是一颗非常藐小的种子，如果先天营养不良，就无法发芽生枝，久而久之，在心里一点点枯死，留下一生也无法磨灭的影子。

姜芸在寻找一种淡蓝色的孔雀鱼，尾巴有黑色小点，夜里会发出蓝色的荧光。

姜芸第一次养的孔雀鱼，是她暗恋的男生转学之前送给她的。此后，她一直养着这种被叫做马赛克的孔雀鱼，给它们另起名叫做“蓝波点”。一年后的一天早晨，它们突然死在鱼缸里，是寿命到期了。

鱼缸空在那里很多年，有一天姜芸在网上收到陌生的信息，是那她十六岁时暗恋的那个男生发来的，他要回来了，想见面。姜芸浑身充满了力量，她把空鱼缸壁上的青苔都刷干净，放了清洁的水，买了水草和电氧气，一切看起来如当初一样，只缺两条鱼了。

水族店里只有一个人，蹲在一个巨大的玻璃缸前，弯着嘴角目不转睛盯着鱼缸里游来游去的神仙鱼，他回过头，看到站在门口的姜芸，笑了。小小的水族店，被一个个巨大的玻璃鱼缸占满，各种形状颜色的鱼群在水缸里游来游去，少年像置身海底。有一瞬间，姜芸觉得他像《阳光灿烂的日子》里的夏雨，被晒成棕色的皮肤，瘦，高，灿似朝阳的面庞。

“嗨，买鱼吗？”他还有两排整齐洁白的牙齿。

“有没有蓝色的尾巴带黑色斑点的孔雀鱼？”姜芸问。

“我带你看看。”男生朝姜芸走过来，依然满脸笑意。姜芸低着头跟在他身后，走过一个又一个巨大的玻璃鱼缸。

“哗啦”一声，水族店后门的铁门被拉开，一个穿着雨鞋胖胖的中年男人提了两个水袋进来。

“阿亮，你又在泡妞是不是？你要的鱼我拿来了。”中年男人提着袋子走过来。叫做阿亮的男生回过头对姜芸耸耸肩，被揭穿也不在意。

两天后，姜芸开门，发现一个红色小桶放在门口的地垫上，垫子上还有一张字条。字条上写：两条蓝色的马赛克，送给你，那天的事，我不是有意要逗你，想请你看电影。

署名阿亮，后面画一个大大的笑脸。

阿亮是怎么知道姜芸家的地址不得而知，但姜芸决定去赴约，她第一次单独和男生看电影。

姜芸在电影院门口，看到阿亮手里抱着一只硕大的泰迪熊，熊和阿亮一起成为众人焦点。他抱着熊站在那里对姜芸招手，等姜芸走近，阿亮就把大熊塞到姜芸的怀里。

“送给你的赔罪礼物。”阿亮说。他笑起来的样子很真诚。

“抱着这么大的熊要怎么看电影？”姜芸红着脸把熊推过去，又被挡回来。阿亮顽皮地扮个鬼脸，从口袋里掏出电影票挥了挥说：“你放心，我买了三张电影票。”

看完电影阿亮送姜芸回家，姜芸问他：“好了，现在你可以告诉我你是怎么知道我家的地址了吧？”

阿亮笑了笑说："我每天早上都给你家送牛奶，在你睡醒之前。"

在水族店里第一次见面，阿亮就认出了姜芸，他知道姜芸早上六点半出门，站在门口打开奶箱，喝光一瓶牛奶然后去学校，长期以来都是如此。

阿亮没有上学。他不仅送牛奶，还在玩具厂工作，给玩具厂里的布偶分类，可以用很便宜的价钱买下一只硕大的泰迪熊送给姜芸，玩具厂的员工都拥有这种低价福利。

后来，阿亮带姜芸去玩具厂，姜芸看到了制作玩偶的过程，太空棉为芯，花布为皮，扣子为眼，组合在一起，似乎就有了生命般。

"起初是她喜欢玩偶，我们才一起到玩具厂工作。"阿亮说起他的初恋，是个很不安分的女孩，时而喜欢这个，时而喜欢那个。

"一个人怎么能有那么多种喜好呢？而且每种都非要拥有或尝试不可。"他说。

最开始，阿亮和女孩一起在玩具厂工作，后来，女孩攒够了钱，就去印度做义工。女孩还给阿亮寄过照片，照片里她被一群印度老人围着，笑得那么开心，那些老人也笑得那么开心，可他们都是身患重病的垂死之人。再后来，女孩去了非洲，从此再无音讯。

"你想念她吗？"姜芸问阿亮。

"时常想念，但在一起是两个人的事，一个人强求不来。"阿亮说。

姜芸喜欢阿亮的故事，阿亮有着让人喜欢的某些特质，那个去了非洲的女孩，一定也是喜欢他的。姜芸总觉得这个世界上，爱情才是最美妙的东西，只是阿亮的女朋友还没有意识到。

阿亮对姜芸说："我第一次见你就忍不住想要认识你，你长得很像她。”

阿亮喜欢他现在的生活，依靠自己获得的小快乐，虽然女朋友离开他，但并不是痛苦地离开，而是去追逐更多的快乐。他喜欢随意做着喜欢的工作，没有太大的梦想，小梦想也足够。现在他正在存钱去西藏，并邀姜芸一起去。

姜芸的年龄和阿亮差不多，可是他看起来充满了年轻该有的活力。

姜芸喜欢什么呢？活了二十几年，在一个二流大学毕业，找了二流的工作，早九晚五上下班，日复一日年复一年，姜芸找不出自己喜欢的东西，也没有什么想做的事情，甚至来不及好好喜欢一个男生。

噢，那个男生，十六岁时姜芸暗恋的男生，他约姜芸见面。

姜芸犹豫着要不要去赴约。她害怕，她是一个没有信心也没有勇气的女孩，她一点自信也没有。男生约姜芸在高中母校见面，去赴约之前，姜芸翻出十六岁那年写的那封信，写给男生的告白信。

十六岁那年，男生转学离开的前一天，姜芸发了一场高烧，她坚持要把信拿给男生，却错过了火车。

姜芸决定去赴约，她翻出漂亮的长毛衣，兔毛靴子，还精心把头发扎起来，涂了淡淡的眼影。

高中毕业后，姜芸没回过母校，虽然很近，在一个城市里，偶尔也会经过，但那里好像没有什么值得她怀念。

姜芸到学校的时候，男生还没有来，她在校园里转了一圈，忽然觉得伤感。校门重新上了漆，还弄了一个漂亮的花坛，操场上种上了草，再也不像以前那样满地黄土。姜芸曾经在操场上遇见男生，下雨天，他和一群同学在黄泥里踢足球，每个人都满身污泥，开心大笑，他把脏兮兮的球踢到姜芸身上……

渐渐地，校园里出现一个又一个陌生又熟悉的身影，都是姜芸的高中同学。

先是A同学，然后是B同学，接着是C同学……陆陆续续来了很多同学。没错，这是那个男生发起的高中同学聚会，包括姜芸，每个认识的同学他都约到这里。

“他从英国回来。”A说。

“他现在在世界著名的律师事务所工作。”B说。

“他的女朋友，是大学校花。”C说。

你有没有像姜芸的这种经历？暗恋过学校里风头最劲的男生，成绩好，长相好，性格好，万人迷。

这种暗恋是一颗非常藐小的种子，先天营养不良，无法发芽生枝，久而久之，在心里一点点枯死，留下一生也无法磨灭的影子。

当年这个男生离开时不止给姜芸送了孔雀鱼，他给所有认识的人都送了孔雀鱼。

姜芸没有等男生来，就离开了。那封信她捏在手中，丢进了路边的垃圾桶里。

男生有个好听的名字，叫做如斯。

再见，如斯。姜芸对自己说。她突然想起了阿亮。

姜芸有很长一段时间没再见到阿亮，那个让她重新认识自己的男生。

据说玩具厂倒闭了，阿亮离开这里，去了别的地方。

一个月后，姜芸收到了阿亮寄来的明信片，在西藏，背后是覆满白雪的布达拉宫。

阿亮在一年中最冷的时刻去了布达拉宫，照片中的他裹着厚厚的羊皮毯子，半边脸裹在脏兮兮的围巾里。

“春天快要到了，我在西藏等你。”阿亮在明信片上再次邀姜芸去西藏。

阿亮患有哮喘，可是他说他不怕。他还说：“我都不怕了，你还怕什么？我可以当你的左腿，带你翻山越岭，看尽世间美好。”

原来被人告白是这么美好。姜芸的内心被注入了一股暖暖的气流。

姜芸的左腿，在多年前，拿着告白信追逐男生时被车子碾过，她没能赶上火车，也失去了一条腿。她以为她是这个世界上最藐小的一颗种子，残缺的种子，却原来每颗种子，都有发芽的春天。

姜芸在等待春天，什么都可以逝去，但春天总会来。

文/陈小愚

正如她残缺的腿一样，她的暗恋也像一颗残缺的种子，先天营养不良，本以为他的阳光只照耀她一人，没想到却是普照四方，一切都只是她的一厢情愿。所幸，什么都会逝去，只有春天永远都会来临。她心里那颗残缺的种子迟早也会生根发芽，春暖花开。

初恋，时间已经送走一切

十九岁那年，我初恋了。那时候刚恢复高考没两年，许多已经不是学生的青年走回中学校门，和我们这些应届生一起复习高考。有一天下雨，我到教室门口才回身合上手里的雨伞，就在转身的那一瞬间，我看见靠窗子那排的倒数第二个座位上有一个陌生人。我没再抬头，走到了自己的座位上。

他就是袁钢，我的第一个男朋友，一个身高一米八四、挺英俊的转业军人，我们学校一个已经去美国探亲的语文老师的儿子。现在回想起来，我是第一眼就爱上他了，因为他长得比我们班任何一个同学都高大一圈。从那一眼开始，我的学习成绩一落千丈，从班里的前五名，一直到高考落榜。

知道他的名字是在第二天。教室门口一个陌生的女孩问我："袁钢在吗？"

我说："谁是袁钢？"

"你们班新来的，孙老师的儿子。你能帮我把他叫出来吗？"那女孩很有礼貌。

"行！"我转身回教室向他走去。

我知道我的脸红了。我那时候特别爱脸红。

那天下午，上帝给了我一个机遇，让我有借口向他发出信号。

课间我到楼下上厕所。楼道很黑，刚下一个台阶，我就看到他往上走来。就在他与我擦身而过的一刹那，我脚下一滑，朝楼下摔去。

“哎！”他大叫一声，一把抓住我的衣袖。

我掉了三个扣子，但我站住了。我的右胳膊被他抓着，左手本能地迅速抓住他的衣襟。

“小心点！”他看着我，那一眼看得很长。我忘了我是否道了谢，反正我没上厕所，因为我必须向同学借别针，我的衣服不能遮体了。

就在那天下午，我给他写了个纸条，本能地使用了前人总结出的恋爱法则：我将离去法。

“我恨你。因为你‘救’了我。我必须转学了，因为我什么都学不进去！”

这张纸条很奏效，一个小时后我接到了一封长达三页的信，流畅而清秀的连笔字。信上他告诉我应该好好读书，但在结尾却约我当天傍晚在北海公园见面。

我放学回家先换上了我认为最漂亮的衣服，但我却无法去掉天天挂在我脸蛋上的两疙瘩红。十八九的年龄，女孩子发育得结实丰满，两疙瘩红又热又硬。我恨我自己，我羡慕死瘦弱的、皮肤苍白的同学了。

我们在北海散步聊天，谈的大概都是些无聊的事情，因为我现在什么都不记得了。但在准备回家的路上，北海公园后门的河边，他吻了我的脸。

毫不奇怪地，我高考落榜了，他考上了北京大学法律系。我一直以为自己会和他结婚，因为在与他相处的那些年里，大街上走着的和我周围的男孩子都不值得我一看！

与初恋情人结婚在现代社会所占的比例极小。命里注定我们不能做夫妻。

一九八三年的一天，我和他父母坐在一起吃饭。我们已经相爱了五年，这五年中他大哥、姐姐和二哥相继到美国去了。我从未想过他会走，因为他从未对我说过。我们那天依旧吃着他爸爸做的一大锅土豆炖牛肉。记得他爸爸常常会在肉里面放几个鸡蛋。鸡蛋在肉锅里炖久了，味道特别丰富。我们可以一人分到一个，吃得热火朝天。在我把鸡蛋刚刚放进嘴里没咬的时候，他妈妈说："小钢，明天用你刚办的护照去友谊商店买瓶色拉油吧。"

那时候北京最高级的商店就是友谊商店，中国人持护照才许进。街上的商店里还没有进口商品，中国还不生产色拉油。我只记得不听话的泪水扑簌簌流下来。我没说话，离开座位到别的房间去了。

那一天我才突然明白，他从来没把我们的命运看成是在一起的，他从未想和我一起走人生的道路。于是，我决定分手。我知道不能犹豫，我要他看到我多么坚强，因为我觉得我受了"骗"。那时候出国太难了，去美国就意味着泥牛入海。

我脑子里一直幻想着他将来回国时的情景。当然应该是老年，白发苍苍，衣锦还乡地走在北京杂乱的胡同里，问有没有个叫"宋丹丹"的老太太，原先住在这院儿。当然，我应该已经是满脸皱纹，坐在路边晒着太阳。我们应该对视很久，彼此寻找着熟悉的痕迹，空气里应该飘着电影《第二次握手》的主旋律……

与我的想象完全不同。他一九九四年回来了，那时候我已经是一个"名演员"。有一天在中央台做节目，我遇到了我俩共同的朋友孙淳，他告诉了我袁钢的电话号码。

我们约在中国大饭店的咖啡厅见面，老远见他晃晃悠悠走过来，我知道我再也找不回初恋的感觉了。我们像朋友一样聊天，谈论彼此的情况，时不时地哈哈大笑。我们心里明白，时间已经把一切都送走了。

文/宋丹丹

初恋是最美的年华，不是彼此有多相爱，也不是彼此有多相濡以沫，而是自己内心的一种感受，无可替代。多年以后，或许会突然发现喜欢的不是初恋的对象，而是初恋的感觉。宋丹丹的初恋发生在十九岁，对象是身高一米八四米的转业军人袁钢，五年的初恋终因“志不同道不合”而结束。高考时，宋丹丹落榜了，袁钢却考上了北京大学法律系。恋爱期间，男友的兄姐相继出国，当从未说过要走的男友也决定出国时，宋丹丹这才意识到：“他从没把我们的命运看成是在一起的，他从未想过和我一起走人生的道路。”于是，她选择了分手，多年后，两人再见，物是人非，时间已经冲淡了一切。

初恋总会过去

她再次见到他，是大三那年夏天。宿舍楼下，他身穿淡蓝色的旧衬衫，一脸清瘦，腼腆地笑着。她则蓬头乱发，睡眼惺忪，拖着凉鞋。

那是她第一次叫外卖，没想到会在这样的情景下与他再次相遇。她的眼泪如雨滑落，他喊出她的小名，依然带着一股让人心疼的傻气。她记得，他走的那年也是夏天，烟柳绿得无边无际。

他是她的高中同学，在家乡那如诗如画的校园里，他们曾坐在假山上，看云看雨。她听着他轻弹吉他，唱她最喜欢的《白月光》。他说他将来要做个流浪的歌者，带她周游世界。

可是高二那年，他却永远地离开了课堂。一场意外的家庭变故夺去了他所有的憧憬。自从父亲走后，他不得不辍学打工，以赚钱照顾生病的母亲和供年幼的妹妹上学。

他离开的那天，她打着雨伞不顾一切地奔向车站。雨伞被狂风掀翻，滑出手心，在天空打旋。隔着车窗她喊："你能留下吗？我供你上学！"但是，他还是毅然地离开了。她看见他的肩上背着她送他的蓝色吉他，她的泪水夺眶而出，模糊了整个夏天。

他走后，没有再给她写信。直到她高中毕业，她的老师把一封信递给她，蓝色信封，漂亮的钢笔字。他在信里说，忘了我好吗？她将信折了又折，放进行李。她决定去找他，所以她报了他所在城市的学校。

她找了他三年。每一条街她都仰着头，害怕错过一个熟悉的身影。但他终究没有出现。她没想到他竟会距离她如此地近。他也没想到，她会选择与他同一个城市的学校，而且，她就在他身边。

他在城市打拼，受过很多委屈。他曾想，等挣到钱，他就去找她，无论她在哪里。可是，他却一直沦落底层，挣的钱只够糊口。一年前，他开始替人送外卖。其实他一直想着她，他替大学生送外卖，就是想从其他学生身上寻找她的影子。

她想，他们再次见面，是不是书上说的缘分？那晚，她坐在池塘边听着他弹吉他，听他唱《白月光》。柳絮轻扬，风声很细，很细。她对他说："等我好吗，就等一年，好不容易再见，我不想错过你。"可是他还是再次离开了，从此杳无音讯。她呆呆地站在槐树下，浅笑听风，悲伤地流泪。

她曾想，无论天涯海角，等毕业后她要去找他。她要和他一起去看日落风云，四海为家。可是，那只是青春浪漫的幻想。她毕业后，终究没有去找他。就在毕业的那一刻，她忽然不再像从前那样牵挂他。

为了父母，她回到了家乡的小城，当了一名老师，而他继续在外漂泊。多年以后，高中同学聚会，他们再次相遇。她有了家庭，他也是。她没有说，当年，她多想去找他呀。他也没有说，他给她写了很多曲子，一遍遍地弹，只是不想把她忘记。

她没有哭，他也没有伤感，两个人互相问好，友好而淡然。一切都风轻云淡。她看见他老了，但已经不是当年的那个穷小子。他也见她阳光多了，眼睛里没有了从前的蓝色忧郁。他们终于知道，原来初恋是会过去的，青春的车轮在时间里奔跑，会渐渐地慢下来，最终走向成熟和理智，在生活上碾出深深的痕迹。

文/雷茂盛

也许你曾经历刻骨铭心的情感，你一度认为：“这次太不同了！”“如果离开他，我会活不下去。”……可是，只有你到了中年，或许到了晚年，才终于明白时间是多么的残酷，它把曾让你心碎、让你失眠、让你坚定不移地确信永不更改的生活变成了一个个梦，似真似幻，遥远而模糊，而人永远生活在今天，今天才是现实。

哆啦A梦失灵

我把抽屉开了又关，依然没看见时光机。

最近的一个梦里，我梦见了你的从前。

那时流行一种可以写隐形字的笔，我们都把它叫做“偷卷笔”。用隐形墨水写出来的字用笔尾端附赠的小灯照亮就可以看见，微弱的紫色灯光下那些字迹会散发着荧荧的浅光。

而我，掏光了口袋里的所有钱买了好多这种笔，偷偷地用它在本子上、衣服上和墙上全写上你的名字，一直写到手累。然后我按亮笔尾的小灯，照过去。在黑暗中我看见了你的名字散着微光，密密麻麻地包围着我，漂亮到要窒息。

最后，我慢慢地蹲了下去，在这作弊一样的幸福里哭了。

所有关于你的记忆像一盘坏掉的影碟，模糊了剧情，可缺失的部分还是会发出刺耳的声音来提醒我它存在过。

它一直都在。

有关“青春”的印象，总会想起以前那所中学：白色瓷砖的教学楼，操场边的榕树和校园上空的灰鸽子。每天早上七点多，大群的学生涌向操场去做不整齐的广播操，操场一下子挤满了人，那个时候，太阳刚刚升起，外边的马路喧闹拥挤。

是在这样的背景下，遇见你。

我听着广播里那个尖利的女声喊着节拍“一二三四”，象征性地比划着手脚，忽然看见教学楼顶有一只灰色的鸽子飞起，俯冲着在半空划了一道弧线。我顺着那道灰色的轨迹转过头，然后看见人群中的你。你站在人群中不动，与周围的一切是那么的格格不入，阳光把你的发梢染上了淡淡的金黄，嘴角有好看的弧线上扬。

我眯了眯眼，记住了那个安静的男生。

那时连空气，都沾上了清淡的玉兰花香。

竹蜻蜓没电了，于是我也无法飞翔——在你的世界里。

忘了是从哪本书上看来的，它说：“如果一个人的愿望足够强大，可以改变风的方向、物体的大小，甚至是天空的颜色。不相信的人之所以永远无法改变，是因为他们的愿望不够强大。”

是这样的吧。

所以，后来才会和你分到同一班。身为班长的我，在帮老师编排新座位的时候做了一点小手脚，就成了你的后桌。

原来你并不是过于安静内向的男孩子，你也会和同桌讨论最新的球赛赛况，会和同桌约好一起去打游戏。偶尔你会从家里带些爸爸出差时带回来的小零食，分给周围的人。你并不用功读书，有时在课堂上睡着，我看向黑板的时候会看见你清晰的肩线。你不会疏离人群，但是貌似更愿意在自己的世界里远远观望的男生。

我们开始逐渐熟络， 所谓的熟络，不过是笔掉了的时候会用手点点你的后背，在你疑惑地转过头来的时候指指地上的笔示意你帮忙捡起来。你捡起来递给我以后，转过身去继续看书或继续刚才正在通关的游戏。

呐。

谢谢。

不用谢。

标准得像小学思想品德课本上的对白，想不出有第二种可能的对白。其实可以，我更愿意说，这个周末有空吗？我们可以一起去玩吗？熟稔得像很要好很要好的朋友一样。手指触到你背后的一抹温暖和你把笔递过来的时候你指尖的浅凉，根本不是“熟稔”。

对于每个女孩子，“长大”成为少女的一个重要过程，就是偷偷地在心里住了一个人。他的名字会出现在你带有香味的日记本里，他的模样会沾染了你的眼泪，他的微笑接近温暖。就连在梦中，他的拥抱也变得柔软。

在我的生命中，你就稳稳地占据了那个位置。我的少年。

有了如意门，就能到达你的身边吗？

其实有一个场景，在记忆中占据着重要的部分。

对于我来说，是重要的记忆。

那节体育课我因为生理痛请假没有去，而你因为前几天打篮球扭到了脚，也没去上体育课。我们一前一后地坐在教室的座位上，没有说话，尴尬地沉默着。我趴在桌上假寐。老式的窗户没有钩好，风吹过的时候碰到了墙上，发出很大的一声响，一面墙上的各种表格纸张被风吹得“哗啦哗啦”响，午后的阳光化成黏稠金黄的一滩倾斜下来。

“不舒服吗？”你突然问了一句。

“唔。”我含糊地应了声。

“要听歌吗？”你转过头，递过来一只耳塞，问。

我伸手接过来，却因为耳线太短，我的手尴尬地在半空中停顿了一下。你从座位上站起来，走到我同桌的位子上坐下。耳线刚好够长。我把耳塞塞进耳朵，心扑通扑通跳得很快，我慌忙趴在臂弯里掩饰我通红的脸。

能那么轻易地听见你的呼吸。

耳朵里流淌过一首清浅温暖的旋律，是周杰伦的新专辑主打歌《七里香》。

你不再说话，偶尔跟着哼两句。你倚在后桌的桌沿用很舒适的姿势坐着，眼睛看着窗外喧闹的操场。一群男生在打篮球，有个班在联系五十米跑。头顶的风扇转起来会有“嗡嗡”的杂音，校园里的蝉开始喧嚣，凤凰花盛放在这个浓绿的夏。

我就这样沉沉睡去。

我对着“如果电话亭”说，如果可以永远不长大就好了。它沉默着没有回应。

其实事情并不是自己所想的那样。

我以为自己可以抱着与你有关的一切回忆就可以一直幸福下去。可是对你来说，我只不过是后桌的那个容易紧张的，不善言辞的短发女生，是普通同学，是你的世界里无数的路人甲、土匪乙中的一个。我的离开对你无关痛痒。

再过几年的某天，你在路上遇见我的时候，或许会微笑着打个招呼，但总想不起我的名字。但更多的可能是，你像所有的陌生人一样匆匆地经过，目光经过我的脸又快速地游移开。

你不会知道，你曾经在我的生命中扮演了怎样的一个角色。我们的记忆交错，却全然不同。

我只是无数个俗套的暗恋少女中的一个，以后的故事，只会更加俗套。

你有了个可爱的女朋友。是邻班的女生，眼睛很大皮肤很白，长得很可爱。我看见她小心翼翼地跳上你的后座，伸出手，轻轻地环住你的腰，把头靠在你的背后。

这好比偶像剧的狗血剧情，却让我的眼泪模糊了视线。

你开始每天早上带两瓶牛奶来上学，下早读的时候就往邻班跑。

你开始每天放学都载她回家，路过种满香樟的朝南路。

你换了手机壁纸，原本哆啦A梦换成了你们两人的大头照。

多么狗血。

你曾经在一次闲聊中提到你最喜欢的动漫人物是哆啦A梦。因为它有数不完的法宝，能够陪你度过一次又一次的困难，能实现你所有的愿望。

当时我们都笑你幼稚。

可更幼稚的是我，我忘了即使你是野比康夫，我也不会是你的哆啦A梦。

我想用缩小电筒把思念变小，小到我再也看不见。用放大电筒把心脏放大，大到足以抵抗一切忧伤。

是不甘心。

不甘心你对她的喜欢。

不甘心自己就这样被忽略。

所以，才会有这样的忧伤心情。

不甘心地，一次又一次地去确定。

借你的手机用，翻到通讯录时发现，通讯录第一个位置显示着："老婆，137XXXXXXXX"。而墙纸也是两人亲密的大头照，偷偷地发现，你们的挂饰也是一样的情侣款。

我把手机递回给你的时候笑着说："是女朋友吗？很漂亮呢。"

你不好意思地挠了挠头说："大家都知道了呢，哈。"

我偷偷地咬了咬下唇，不再说话。胸腔的某个地方传来钝痛。

不尝试一下的话怎么知道不行呢？

一次又一次地鼓励着自己去靠近，是想用更加残酷的事实去让自己死心么？

也许已经和喜欢无关，只是不习惯，你的影子已经在我的心底里生根发芽，你叫我怎么能把它连根拔走？

就连那些梦中耳朵贴近男生背后棉衣的温暖触觉，要全部都消失不见吗？

你在我心脏上划过细痕的位置，终将被时光的暗黑潮汐涌过来吞噬掉。

我听见胸腔最深的地方，传来一声很轻很轻的叹息。

时间包袱布也变不回从前。

曾经有一场三个人的烟火。

情人节的那天，你扔了张字条问我哪里有漂亮的烟花卖。于是我义无反顾地翘掉午休陪你去城郊买烟花。

乘的是二号线的公交，满车的碎阳光摇摇晃晃。我假装睡着，头慢慢地靠向你的肩，你没有动，就这样让我静静地靠着。南方的二月不冷，有早春的阳光。窗外是不断向后倒去的麦田，空中有道很长的白色絮云，像是飞机飞过的痕迹。

真希望时光就此定格。

我挑了许多烟花，和你一起准备给她的惊喜。那些阴郁的情绪从地表下开始滋长蔓延，纠结成植物丑陋的根部，然后破土而出、生枝发芽、肆意蔓延，牢牢攥紧我的身体。

那天晚上你和她在小操场放掉我下午用心帮你挑的那些烟花，五颜六色的花火映亮了你们的脸，我看见她笑面如花，你的眼睛比星空还要亮。然后，我看见你俯下身，在她的唇上印下轻轻的一吻。我躲在操场的榕树后面，离你们不太近但也绝对不远的距离。

我跑到教学楼顶点燃了那些我给自己买的烟花，轻声对自己说：“情人节快乐。”眼睛肿得像桃子。

好吧，如果你感到幸福的话，那也不错。

申请了调座位，坐到更前一点的位置，能更清晰地听见老师讲课，能在抬头时看不见那个熟悉的背影。习惯把自己埋进课本和资料参考书，假装很忙碌，忙碌得没有时间去想你。把所有关于你的日记撕掉。

闲暇的时候看向窗外，下完雨的操场地面很湿，篮球场四周高大的铁丝网交错着伸向灰色的天空，剩下的断云被风卷着匆忙逃跑，夏季制服的白衬衣衣角翻飞。空气中有着潮湿好闻的气味。

然后是期末考试，分班，转眼到了高三。分在不同的班后，从此形同陌路。波澜不惊。

日子真的变得忙碌而充实，铺天盖地的试卷和满教室咖啡的香气，学会抱大堆的试卷习题在台灯下熬到一两点钟。

有时会在教学楼的楼道里遇见你，然后礼貌地点头微笑，再背道而驰。

更多的时候我们低着头，什么都不说就擦肩而过。

不是没有留心过关于你的事情。上高三不久你们就分手了，她有了新男朋友，你发了无数信息央求她回心转意，还和她的新男朋友打过一架。你的名字在毫不相干的人的嘴里，变成一出更加荒唐、更加狗血的肥皂剧。

喜欢一个人，就赋予了他伤害你的权利。我喜欢你，而你喜欢她，在这条食物链，她永远是最高端。

或许每场青春不一定有一个清晰的结局，每场暗恋都只能是无疾而终。那些大团圆结局抑或撕心裂肺的痛哭只能无数次地出现在虚幻的桥段，那是小说，而生活真实到只能让我们擦肩，无数交错纠缠的昨天终将随时光老去。

永远只能是个没有结局的别离。

曾经无数次地想要接近你的星球，在漫长的、接近虚无的宇宙黑洞或者尘埃星云里，朝着你跋涉。

没有结果的。

不会有结果的。

高考完的那天，我犹豫了好久给你打了电话，却是一遍一遍的“用户已关机”。

后来再打，那个烂熟于心的号码，停了机。

再后来，变成了空号。

在那个蝉鸣喧嚣的夏天。

哆啦A梦，所有法宝，失灵。

一晃几年。

忽然梦回那个年少的时候，想起了我的少年。虚幻哆啦A梦的少年。

曾经我以为我的喜欢可以像八宝袋里的法宝一样多，可以源源不断地送给你。

但是让我惊恐的是我已经想不起你的脸了。

前几天在某本杂志看到一段话。“看过哆啦A梦传说中的最后一话吗？哆啦A梦坏掉了，不动了。修好以后就会失去所有的记忆。原来之前的感情可以那么容易一笔勾销。”

于是我哭了，像多年前不懂事的我一样，哭湿了枕巾。我为你而流的眼泪，全都收集起来，有多少公升？

你看，连哆啦A梦都坏掉了，我无法再抱着一堆破旧记忆假装很快乐。

最新的一个梦里，少年逆光而立，被光模糊了轮廓线和脸。可我分明感受到了他怀抱里的温暖和熟悉的沐浴露香味。他嘴角上扬。

也许这是最好的结局。我知道我不再会有第二个十七岁。如果“再见”这个词，代表的是永远不回来的时光的话。

那么再见，我的少年。

文/塔塔

十七岁，还在进行中的十七岁，有很多的失去，很多的烦恼，很多的泪水……那些失去了并一去不复返的东西，我们该如何将它们记忆？如果连记忆也失去了，那么就算我们多么悲伤多么痛苦，它们也不会再回来，那时就真的只能对它们说再见了。从某种意义上说，这是最好的结局。无论如何，属于这个年龄的，还有一去不返的童真与快乐。

那些年，我犯过的单相思

一九四九年四月，我的家从吉林省搬回沈阳，又回到阔别多年的“北市场”。

我家租住在北市区二十四纬路仅有两户人家的大院里。那年我虚岁十六，应该说懂的事已经很多了，对男女之间的事也明白了一些，但很肤浅，远不如现在的少年这么开化和早熟，这可能是受了影视娱乐的影响——演员里美女居多，风流、时尚，抓人眼球。

随着年龄的增长，我的视线也逐渐转移到美女身上，像当时红极一时的影星——“风流”的李丽华、柔情的周曼华、金嗓子周璇、洋气十足的欧阳莎菲等，我都爱看。

惊鸿一瞥，怦然心动

我家的房东是个商人，姓王，他有个独生女儿叫秀玉。我刚来看房时，就是她开的大门。看到她第一眼时，刹那间，我的眼前“唰”地一亮——好俊美的姑娘呀，居然是我的小房东！几年来，我见的女孩也不算少，可一点感觉都没有，但秀玉给我的印象是端庄、秀气、不苟言笑，留着整齐利落的齐耳短发，一双眼睛清澈如水。这惊鸿一瞥的第一印象非常好。

不久，我到沈阳三经路小学六年级读书。秀玉也在这个学校读书，是读五年级一班。

自从我俩成为邻居后，我发现，她一不串门，二不说话，碰面后仅是点一下头或微微一笑。上学、放学她都是独行，回家就往屋里一钻，也不出门活动。平时走路的时候，她也是目不斜视，路遇奇事也从不凑过去看热闹，节假日也不上街游玩，整个儿一个标准的足不出户的大家闺秀。

我太喜欢她了，总想接近她，可是苦于没有机会。每天我躺在床上，脑海中全是秀玉，虽然我没像张生和高衙内那样害了相思病，但也差不多了。那个年代我们都比较保守，自尊心很强，思慕人家，表面上还要假装没那回事，可是我又想不出有什么方式能表达我的心意，这可怎么办呢？

有一天晚上，我写完作业坐在院里凉快，忽见房东王大娘和秀玉从她们家里走出来了，王大娘说要带秀玉去看电影。秀玉问我去不去，多好的机会呀！结果我不知自己出了什么毛病，嘴一张，冒出一句：“不去！”望着秀玉远去的背影，我简直恨死我自己了。我反问自己为什么说不去，错失良机啊！后来我弄明白了，原来是自尊心在作怪，就是东北人所说的——装“登”！

不成功的“约会”

大约一个多月后，机会又来了。这次我也是在院里乘凉，秀玉一个人走出家门。那时天已经黑了，秀玉向我点了下头往外就走。我立刻问她：“这么黑了你上哪儿去？”她回答：“上我老姨家去。”接下来又问我：“你去吗？”

这样的话能从她嘴里说出来，实属不易。我敢说她从来就没跟男孩子真正近距离接触过，半年多来，她家就没来过男孩子。这次机会焉能错过？我马上站起来说："走吧！"天哪，这是我俩第一次出门，还是晚间！我应该抓住这难得的机会，向她倾诉肺腑之言！我要叫她知道我喜欢她，我还要痛快地说一句"我爱你"！

我心里正在盘算的时候，已经穿过马路来到她老姨家。不巧的是，她老姨不在家。秀玉转身就想往回走。我连忙鼓起勇气说："咱们去那边转一圈吧？"她没反对。于是，我俩就奔北市商场和云阁电影院的方向走去。

我本意是想请她看场电影，再把我要说的话说出来。但我俩走的速度实在是太快了，不是散步，变成竞走了。秀玉头也不回，也不往四处看，一直往前走去，她也不说话，好像有啥急事似的。她走得快，我只好疾步跟着。这回好了——手也碰不着，肩也挨不上，哪有说话的机会？照我俩这竞走的速度，不一会儿就把附近的马路转完了，于是又三步并两步地回到院里，各自回家了。她没道别，我也没说话。

我走得一身是汗，洗完脸后换了件背心坐到床上生闷气。一来气的是秀玉"不懂事"，难道你就看不出来我喜欢你吗？怎么一点机会都不给我呢？走那么快，急急火火的，何必呢？二来气的是我自己太笨了，到嘴边的话为啥不痛痛快快地说出来？难道走着就不能说话了吗？声音还赶不上脚步快？假如我说一句"我喜欢你"，或者干脆就说"我爱你"，不就结了吗？管她是什么反应，我也一吐为快呀！完了，又错过机会了！我又烦恼，又苦恼，心里憋闷得难受。

眼看入秋了，学校要期中考试了。我尽力控制我自己的心绪，准备集中全力备考。但是天不遂人愿，等到期中考试的成绩公布出来了，我沮丧地发现我的各门功课的平均分数才六十九分。

有一天，我刚从外边回来，迎面正遇上秀玉。在我俩擦肩而过的同时，她突然说出一句："你得好好学习呀！"我心中一动，看来她心里还是有我呀，要不然怎么知道我的学习情况呢？刹那间，我下定决心不能放弃，还得追求呀！

我开始计划着用情书的方式进行沟通。

写给"冰美人"的情书

我没写过情书，不会写，于是就到新华书店买了本名为《如何写情书》的薄册子。

晚上，夜深人静，我大笔一挥就写开了，写得不成功就撕掉再写，仍然不满意就再撕掉从头开始写。天快亮了，也"大功告成"了，共计用了七八张稿纸。

我也累了，便把情书藏好倒头就睡。好在是周日，我可以尽情安睡。次日，我在院门前等到了秀玉。我鼓起勇气，厚着脸皮把书信交给她。秀玉一怔，问我："这是什么？"我说："你回去看吧。"

我扭头便走，瞥眼间发现她把信迅速揣在裤兜里，估计聪明的姑娘此时此刻也已猜到是怎么回事了。我如释重负，回家等消息，因为我在信里面一再提到"请速回信"，于是我便一直引颈长盼。

几天过去了，几十天过去了，那封信如石沉大海。我的心凉了。

但是我不甘心。入冬之后，我还是按以前的模式，又给她写了第二封求爱信。

自第二封信发出之后，我俩有时也会走个面对面，她依然是老样子，神情木讷，目不斜视，没有任何改变。打那之后，我的心彻底凉了。

我发誓，此事到此结束，我要从痛苦中挣脱出来，我也是个十七岁的爷们了！

痛定思痛，我横下一条心，决定不再追求这个“冰美人”。果然有效，我渐渐身心没了压力，几乎每天都是埋头专心学业，而且特别下苦功；课余时间我就打篮球、游泳、跑步；放假时我就去听相声、评书，或者约几个要好的同学去郊游，要不就是看电影、读小说……这般丰富多彩的日子令我开朗起来，对秀玉的事也逐渐淡忘了。

但我俩同住一个院，难免碰面。初时我还对她微笑地点点头，之后连这些都没有了，每次遇见她，我便把脸一扭，假装没看见。我俩形同陌路，谁也不理谁。

现在想想，那时的我太自私、太狭隘，爱不成，就生恨，不应该呀！

文/单田芳

伟大的先哲曾经说过，哪个少女不怀春，哪个男儿不多情。单相思，是人类情感中最特别的一种感情，独一无二。它属于一场情感误会，是青少年“爱情错觉”的产物。大多数的单相思会随着青春期脚步的迈进而化为身后的一缕轻烟，淡然逝去，只在记忆深处留下美好或苦涩的一支小插曲。对作者来说也正是如此，他在求爱未果后，迅速把注意力转移到了学习上。同时，因自尊心作祟，他把对方当做陌路人，多年后回想起来，才发现当初自己的行为是多么幼稚。

那些年，我们班没有女孩

那些年，我们班没有女孩。不仅没有女孩，还全都是猛男。

请不要打听哥们儿我读的是啥专业，以免影响相关大学的招生。如果你实在对纯爷们感兴趣，来我们学校，只要看到一栋楼前悬挂着“真正的勇士敢于正视漂亮的美眉，敢于直面惨淡的单身”，便可以欣然入内，与一个又一个传奇人物会面。如果不小心你还是个女孩，千万要小心被围观哦。

班上没有女孩的那些年，我们的生活异常单调，所以，一旦有女生出现在我们的世界，哪怕人家只是路过而已，也会立刻被导演成女主角。你别不信，这种撒网的方式有时候也能捞到小金鱼，紫蕙便是其中最有意思的一条小鱼。

紫蕙出现的时间是深夜零点，地点有点尴尬——两栋男生宿舍楼之间，以我们班为首的工科宿舍楼在左，右边是文科宿舍楼，学校似乎故意安排似的，竟然把体育学院的宿舍楼也安插在对面，虽然住的人数远不如工科宿舍和文科宿舍的多，但体育学院猛男们的形象却丝毫不比我们班的差。所谓一条道上不能立两个码头，更何况两栋楼之间仅隔十几米。

毕竟都是大学生，平日里还相安无事，但一到争夺有限的美女资源时，便把一切风度抛之脑后，谁最男人谁就是赢家，这是我们班的规矩，更是两栋楼的默契。

紫蕙之所以会被我们发现，是因为她走得很慢，之所以走得很慢，并不是留恋两栋宿舍之间弥漫的男人味，而是崴了脚，痛得直接蹲在地上，欲哭无泪的样子。

我们观察了很久，她只打了一个电话，从说话的口气上看，很明显是打给男朋友的。这个情节曾一度让我们的故事无法再进行下去，但戏剧性的是，十分钟、二十分钟过去了，白马王子并没有出现，而紫蕙懊恼得把手机摔在地上了。这种细节很重要，要知道，我们班的猛男都看到了，她高高举起手机，狠狠摔在地上，然后把头一扭——对那个所谓的男朋友死心了。

那一刻，趴在栏杆上的猛男们都暗自叫了一声“爽”，但还是很有组织纪律性地只鼓动我们班长帅哥单枪匹马下楼去找她，要知道，芳心这种稀有物不喜欢团结，它偏爱英雄主义。

班长到达楼下的时候，紫蕙还是一动不动，这是一种好的征兆，但是，当我们暗自欢喜之时，对面杀出了个程咬金，看身材便知道是体育学院的。他和班长对视了大概十秒钟，我猜测，要不是当时紫蕙抬起头来看着他们，必然已经上演了一场自由散打。

毕竟班长是搞测量技术的，逻辑思维非常敏捷，他耸了耸肩，指了指蹲在一旁的紫蕙，意思是说，你看，我只是来帮助这位同学的，不想和你有什么冲突。而这句话的潜台词则是，猎物是我先发现的，你滚蛋，马上！

可惜搞体育的男生头脑简单，完全没有理解班长的意图，竟然也耸了耸肩，还抢先一步靠近紫蕙。班长也连忙跟着上去对美女嘘寒问暖。那天晚上，两个猛男就“如何送一个女孩回宿舍”的问题讨论了大概半个小时，但最终却没有达成一致意见。末了，还是人家紫蕙提出建设性意见——你们去拿根拐杖给我就行。

两位猛男一愣，还没反应过来拐杖是什[illegible]便听到两旁楼里传来一阵激烈的敲打之声，不到两分钟，便从空中[illegible]下十余根拐杖，那都是兄弟们电脑桌的腿……

往后的日子，如果你看到有人的电脑直接放在宿舍地板上，那么此人一定参与了那晚的英雄救美的故事。

那么，故事的结局到底是什么呢？其实这已不再重要。我只是想告诉你，那些年，我们班没有女孩，兄弟们照样干了许多浪漫的事。如果你硬要逼问我，紫蕙后来到底怎么样了，我只能透露一个细节，有一次偷听班长打电话，一个女孩子的声音从听筒里清晰地传出来，她说：“那晚，你的确很帅。”

班长很高原反应地回了一句：“不帅不帅，随便长的。”

文/谢素军

正如工科男自述：工科类男生的寂寞谁会懂，说多了全是泪。有人说工科男木讷，有人说工科男不解风情，但也有人说女生最愿意嫁的男生中他们排第一。也许在山的那边、海的那边确实生活着一群可爱的工科男，他们活泼又聪明，他们踏实又贴心。他们也许比人们想象的浪漫，也许比人们想象的帅气，也许比人们想象的文艺。作者行文诙谐幽默，生动形象，读完不禁令人感叹：青春好美，无懈可击！

谁在青春里爱过你

曾经喜欢过一个男孩子，喜欢到可以为他和全世界决裂。

那应该算是初恋吧。

某天，一班人在群里聊天，讲起那年谁喜欢谁，谁暗恋谁，谁为谁掉过泪，我隐身看着他们聊天，不敢搭话。

那里面出现的名字配对，让人好不惊讶。于是知道，在那样青春的年纪里，我们都爱过那么一个人的。而且自以为掩饰得天衣无缝。可是，在不知不觉间，自己的那点小秘密早被别人看穿了。

有的爱慕，便在那众人的眼里大白于天下，而有的则继续暧昧下去，那些明察秋毫的同学默默地看着身边的爱情悲剧，心照不宣。而那羞涩的少男少女，就是这出戏的主角。

我相信，那时有很多和我一样的人藏在暗处看那几个有洞察力的同学在群里飞沫四溅。一边看着一边细想某年某月某日某刻的那次心动，那次邂逅，却还是不敢把它讲出来。

像自己这样隐忍的女子，自然会缄默到把这个秘密当成蚌壳里的一粒沙，即使它变成价值连城的珍珠，也不会扯出来曝光在太阳底下。毕竟那只是我一个人的爱情故事。

你在青春里爱过谁？谁在青春里爱过你？

这，还重要吗?

多年以后，你曾经在青春里爱过的人，早已经失去了吸引你的东西。曾经在青春里爱过你的人，磨平伤痛和你遥遥相对保持距离。

没有再一次的选择，爱或者不爱，都随青春里的落花去了，张爱玲借用那一次错过的人之口说：我们再也回不去了。

对，我们再也回不去了。

你在青春里爱过谁？谁在青春里爱过你?

聪明的我们都不再言语，所以我默默地把它写出来，你默默地看，云淡风轻。

文/权蓉

岁月的风渐渐拂去浮尘，风沙掩盖的曾经得以重见天日。怎奈时光已经远去，谁也无法回到过去。如果所有的青春都那么明朗纯净，所有的爱情都有那么美丽的结局，这个世界该是多么的美好，人生又会少去多少无奈和遗憾。可是，如果所有的青春，所有的青春里爱的故事都是那样，这个世界会是多么的枯燥乏味。那些青春，那些流金岁月，那些在青葱年华里易逝的爱情，那些无奈的分别和遗忘，还会让我们刻骨铭心么？岁月让你在经历许多事情后变得宠辱不惊，到那时，你想起青春的时候，会微笑，但不会伤悲。

跳一曲不离不散的华尔兹

遇见你，白云化为棉花糖

夏至，教学楼外墙的爬山虎一片绿油油。

苏葵与骆嫱是前后桌，骆嫱性格豪爽，苏葵个性内敛。当班主任宣布教室由二楼搬至六楼后，她们抱着大沓的课本，背着书包艰难地爬着楼梯。

这时，楼上跑下来一个穿白衣服的男生，苏葵还没来得及看清他的模样，男生已经把她撞倒了。骆嫱狠狠地瞪了一眼站在苏葵面前手足无措的男生，然后连忙扶起苏葵。

暖阳穿过走廊，投向转角的楼梯口。苏葵抬头看了看眼前的男生：男生皮肤白皙，面容清秀，穿着一件白T恤。阳光在他身后晕出一圈金色光泽，衬出他颀长清瘦的身材。

男生挠了挠头，红着脸，不知所措地愣在原地。苏葵忍不住笑了笑，蹲下去捡散落一地的课本和杂志。男生也立马蹲下来帮苏葵捡书，他鼓起勇气对眼前皱着眉的女生说："对不起。你是哪个班的？我帮你把书送到教室。"

"就在六楼走廊最左边的那间教室。"苏葵回答。

“真巧，我和你同班。”男生依然红着脸。

苏葵看着男生害羞的模样，笑着问：“你叫什么名字？”

男生轻声回答：“我叫夏松柏。你呢？”

这时，在一旁的骆嫱连忙插话：“我们二班班花芳名哪能随便告诉别人呢。”

苏葵红着脸说：“你别理她，她就那疯样。我叫苏葵，她是骆嫱。”

那天，天空中飘着大朵白色的云朵，像极了棉花糖。

看着你，心中莫名地安定

苏葵抽屉里的小说、杂志很多。班主任在一次自习课的时候没收了苏葵的MP3和两本还没看完的小说。班主任对苏葵说：“我知道你很聪明，但你要学会把精力放在合适的事情上。”自从MP3和小说被班主任没收后，苏葵变得安分多了。

元旦前有一场模拟招聘的面试，班主任与苏葵定下约定，如果她面试表现出色，便把没收的物品全部归还。离面试还有十三天，苏葵把课桌从第一排搬到了教室最后一排，她下定决心要好好准备面试。

苏葵的话不多，在新班级里，骆嫱仍是她唯一的朋友。当苏葵抬头看到座位前面一个熟悉的背影时，她用笔戳了戳夏松柏的背：“喂，你能不能帮我写个复习提纲？”

夏松柏转过头盯着苏葵看了几秒，没有说话。

苏葵突然想起第一次见面时夏松柏绯红的脸，不禁笑出了声。夏松柏看着苏葵，再一次红了脸，他默默地转回了头。直到晚自习结束，夏松柏都没有说过一句话。

苏葵在心里默默地骂着夏松柏：“小气鬼，成绩那么好，怎么就不帮助别人？”

第二天一早，夏松柏递给苏葵满满一页纸的复习提纲。苏葵看着复习提纲，感到万分愧疚，她盯着夏松柏后背看了很久。夏松柏的脖颈修长，后背看上去像一座沉稳的山。

早自习时，苏葵将夏松柏的复习提纲翻看了好几遍。因为夏松柏详尽的复习提纲，苏葵顺利地通过了面试，班主任也兑现承诺，将物品还给了她。

苏葵突然觉得，夏松柏的存在让自己感受到一份莫名的安定。回到座位的时候，苏葵拿出笔，戳了戳夏松柏的后背，小声地说：“谢谢你。”

时光流逝，岁月将影子拉长

后来，苏葵和夏松柏变得熟络起来。

骆嫱每天都会跑到教室后面找苏葵，她常常嘲笑夏松柏为什么只对苏葵一个人脸红，每次夏松柏都低头不语。三个人便会陷入一阵尴尬。

三个人都喜欢打篮球。苏葵和骆嫱只会简单的投篮动作，而看起来秀气的夏松柏却是篮球好手。夏松柏的投篮命中率极高，他每次都会手把手地教苏葵投篮。投中的时候，骆嫱会在一旁吹口哨；没有进球的时候，骆嫱就会嘲笑夏松柏因为苏葵而紧张。

课间休息的时候，苏葵会偶尔谈到自己的梦想。苏葵想成为一名边旅游边写小说的作家，她想记录旅游过程中发生的每一件事。夏松柏会陪着苏葵听她爱听的歌，看她爱看的书。周末的时候，夏松柏会约上苏葵和骆嫱去看电影，每人捧着一杯爆米花，在小城唯一的电影院里窃窃私语。

夏松柏曾经学画画学了七年，后来因为一次打球伤到了手指，不得不放弃了画画。他告诉苏葵，他最爱画的是素描，他也很喜欢油画，喜欢梵·高的作品。他还说，骆嫱就是一朵向日葵，遇到阳光就会热烈地绽放。

时光将三个人的身影拉长，日子过得很快。

立夏那天是苏葵的生日，夏松柏递给她一个巨大的精心包裹的礼盒。回家后，苏葵独自一人拆开了礼盒，她看见一幅素描画：一个女孩蹲在楼梯间伸手去拾散落一地的书本。女孩的斜刘海遮住了半边脸，阳光洒下一片，温暖在女孩纤细的手上。

苏葵的眼中突然泛起了泪花，那个女孩分明就是自己。

相聚离开，总有时

毕业临近，整个班级的气氛开始变得紧张。

骆嫱家里为她安排好了工作的地方，但是骆嫱却一直闷闷不乐。苏葵温柔地抱了抱骆嫱，对她说：“我想他们的选择是对的，父母绝不会害你。”骆嫱闭着眼睛低声地说：“可是，我舍不得你和夏松柏。”

听到夏松柏的名字，苏葵的身子猛地抖动了一下。自从上次夏松柏送给苏葵那幅素描画后，苏葵便不再搭理夏松柏。苏葵不知道即将毕业的彼此是否还能相聚，她只有选择沉默，而这份沉默将两个人的距离越拉越远。

六月七日，骆嫱已不需要再来学校上课。她将行李整理好后，递给苏葵一本安妮宝贝的《二三事》。骆嫱笑着说：“夏松柏曾经提到过，你最喜欢安妮宝贝的书。其实，他一直都非常关心你。”苏葵接过骆嫱手中的书，没有说话。

骆嫱接着说：“我就要离开了，你和夏松柏能不能送我到汽车站？”

苏葵点了点头，目光一直停留在安妮宝贝的《二三事》上。

第二天下课后，苏葵挽着骆嫱的手走在前面，夏松柏拖着重重的行李默默地跟在后面。到了汽车站的时候，夏松柏将手中的行李递给了骆嫱，他望了一眼骆嫱，沉重地说了句“保重”。苏葵红着眼，紧紧拉着骆嫱的手说：“路上注意安全，注意看管好自己的行李。我在你的行李箱里面放了一包薄荷糖，晕车的时候可以吃几颗。还有，换了号码记得通知我，有什么委屈跟我说。”

看着喋喋不休的苏葵，骆嫱笑得花枝乱颤：“你怎么比我妈还唠叨？我不就出个远门嘛，又不是以后就没有机会见面了。”

说完，骆嫱拖着行李走进了汽车站，她朝苏葵和夏松柏挥了挥手，说：“你们俩好好保重。有机会，我一定会再来看你们的。”

苏葵和夏松柏点了点头，然后望了彼此一眼。

苏葵在心里默默地问：“夏松柏，总有一天你也会离开的，对吗？”

毕业终点，追随下一站起点

骆嫱离开后，苏葵总觉得心里缺了一点什么东西。上课的时候，她经常望着夏松柏的背影发呆。

此时，班上的同学都陆续地签约了，很多同学签了不错的公司。苏葵想起自己的作家梦，轻声地叹了口气。就在叹气的时候，她接到了一个陌生号码的来电。

“苏葵，你好。我和主任已经看过你的简历了，明天下午三点准时来公司参加复试。记得带上你的个人简历和身份证。”还未等苏葵反应过来，对方已经匆匆地将电话挂掉了。

这时，坐在前面的夏松柏转过身来，他嘴里报出了一串公司地址的讯息。苏葵瞪大了眼睛望着夏松柏，一脸惊讶地问他："你是怎么知道的？"

这是苏葵和夏松柏在一个多月的沉默之后的第一次谈话。

夏松柏笑着说："你别问那么多，明天准时到公司面试就是了。记得再复习一遍之前我给你的提纲。"

苏葵点了点头。

苏葵来到公司的时候，发现公司是一家大型的杂志社。等她面试的时候，她才知道原来是夏松柏帮她在网上投了一份杂志编辑的简历。

面对面试官的各种提问，苏葵表现得异常镇定。走出公司的时候，苏葵深深地吐了一口气。她抬头望了望天空，天空中飘着大朵白色的云朵，她想起了自己第一次遇到夏松柏的情形。想到夏松柏，苏葵的心开始微微地疼痛。

第二天，苏葵收到了一条自己被杂志社录取的信息。苏葵兴奋地将这件事告诉了骆嫱，电话里面，骆嫱笑着说："那你是不是应该好好地感谢夏松柏？"

次日，苏葵送给夏松柏一本泰戈尔的《飞鸟集》，她在书的扉页上写着："我只愿你笑如夏花之绚烂。"夏松柏小心翼翼地接过书，在苏葵耳边轻声地说了句："我只愿你在公司和我合作愉快。"

苏葵愣在了原地，茫然地望着笑得灿烂无比的夏松柏。夏松柏扬了扬手中的《飞鸟集》，说："我将自己的简历和你的简历都投给了杂志社。我相信，文字功底优秀的你和美术功底出色的我，能成为杂志社的黄金搭档。"这一次，苏葵也笑得灿烂无比。

"青春就是奔赴一场华尔兹舞会。你带我跳出了一段最美丽的舞蹈，谢幕以后，你是否会在灰姑娘丢失水晶鞋的那个阶梯上，细心地挽起我的手，跳一曲不离不散的华尔兹？”

苏葵微笑地看着夏松柏。

文/肆晓子

学校里的爱情总是那么炙热而又单纯，如同我们的青春。可是，当爱情面对毕业，我们该怎么办？是屈从现实而分手，还是将爱情进行到底？毕业后的爱情是不是能够继续，可谓一场考验，是爱情和现实的PK。如果两人真心相爱，请珍惜这份纯真的校园爱情，不要被现实击垮。只要相信，选择继续，爱情就会长久！

我也喜欢那年喜欢你的我

“谢谢你喜欢我。”

“我也很喜欢当年那个喜欢你的我。”

听到这样的一段对白，心里总会咯噔一下。这里面明明藏着很多时光的秘密，虽然结果并没有美好到死，可是那种时过境迁后的小波澜却抵死动人。

我们都有过那种把喜欢一个人，看做和吃饭、念书、走路一样重要的日子。自己的心里像是默默地打开了一个开关，早晨一睁眼就想到一会儿早操能不能见到他，在返回教室的拥挤人潮里准确地分辨出他的背影而心跳加快，装作不经意地和闺密一起路过某间教室和他不期而遇，认真对待每一场期末考，因为这决定了能不能和他分在一个考场，明明爱晴好灿烂却看到他爱的阴天替他高兴不止。

那个我，浑身充满了莫名其妙的动力，生活被有序地分为了看到他的和看不到他的，看不到他的时候，我和我自己的幼稚的梦想一起并肩作战，看到他的时候，我会偷偷地想，他什么时候会从我的梦想变成和我一起并肩作战的人。

那个我，把喜欢看得好郑重也固执。不愿随随便便地写信给他，信纸要精挑细选，内容要精雕细琢，写得自己也被感动，坐在半夜的房间里掉眼泪。想要探究关于他所有的世界，在他的朋友们那边一点点地收集细枝末节，还原出一个我不知道的他，然后听他爱的音乐走他走过的路，心里满溢的是欢喜。

那个我，相信一切的美好。他的声音和冷幽默相得益彰，他的沉默寡言映衬着内心的千山万水，他操场上模糊不清的身影有着别样的美感，甚至一厢情愿地将美好封存至很多年后。

好些年后，当经历了一些事之后，我突然发现，好难找到词句来定义那样的喜欢。比暗恋要多一些，比恋情要少一些，像是一种简单的信仰，傻傻地坚守。

那种喜欢，或许一生也就只能那么一次了。

在我还是一个不善言辞，内心倔强，容易脸红，敏感惆怅的小女生的时候，我却耗费了那么长的时间去做了一件这么巨大的毫无目的的事情。或许，相比现在的我，那个我要勇敢得多真诚得多，她更强大更无畏，更顺从自己的坦荡的内心。

那样子倾心的喜欢，也让我相信了，我有能力这样去付出，用力爱，用心爱，尊重爱的价值和意义。

我的人生并不像是热门的青春热血电影桥段，始终没能听到过有人对我说起："谢谢你喜欢我。"只是偶然翻看那年的毕业纪念册，看到一堆记忆碎片之后的这样一段话："以上是有关我的一些片段，和我与你的一些片段，供你源源不断地回忆。"禁不住嘴角上扬，原来他比我更早明白，回忆总是美。

后来遇到张老师的时候，已经像是另一个故事的开头。当我像是一个经历很多的大人，小心矜持，应对得体时，还是终究被他识破了，那副外表下面的，源自很多年前的柔软美好，已经筑起一座城堡，静候有心的人的光临。

瑕疵。完满。相聚。离开。我想说，我们终会在生命的某个转角里发现，那些被辜负的、被隐匿的、被埋葬的喜欢，并不是毫无意义的。

文/琐琐

我们的故事早已结束，是要有多勇敢，才能对一个人念念不忘。我们所真正怀念的，到底是那个人，还是曾经年少轻狂的自己——那个因为喜欢一个人而变得强大勇敢的自己。相信不管过了多少年，我们依旧会深深地喜欢青春时光里那个无论如何都要偏执去爱的自己。也许我们都需要在不断前行的人生中，不断回忆往日最美好的事情，依然保有感受简单快乐的权利。

校规十一条后，有个女生悄悄守护你

“试卷就是你的生活，生活就是问题叠着问题，你解决了一个，还有另外一个等着你，永不休止。不抛弃，不放弃！”

朱锦瑟在奋力做试题的时候，坐在她前面拿着手指在触屏手机上“奋笔疾书”的马跃忽然说了一句《士兵突击》里的台词。

“短信就是你的生活，短信就是一条接着一条，你回了一条，还有另外一条等着你，永不休止。不努力，没成绩！”

朱锦瑟没停笔，但嘴巴没闲着，马跃这个学期的成绩就像是最近的沪深股市，直线下降，频频跌停。现在是初二下学期了，马跃妈急得每次见到朱锦瑟都叹气：“我家马跃要有你一半用功就好了。”朱锦瑟也替马跃着急，但她的急是典型的“皇帝不急太监急”，不管她是旁敲侧击还是直截了当，人家马大少爷就是吊儿郎当，不是捧着漫画在死睡，就是捧着手机发短信，总之干的跟功课没沾点什么边。

有好几次，朱锦瑟想问：“你每天发那么多短信给谁？”可话到了嘴边，绕着舌头转了几转，又咽了回去。

朱锦瑟不是开朗的女生，如果马跃不是她的邻居，她想她永远都不会像现在这样跟他说话。

为什么那么好奇他发短信给谁，却始终没有问？朱锦瑟问过自己，答案很脆弱，她怕他回答：“发给那个谁谁谁。”

那个谁谁谁，其实叫赵纤纤，一个接近完美的女生，长相、身材、个性、成绩，几乎无可挑剔，有好多男生欣赏她，据说有个男生在叫她的时候，因为过于紧张以至于忽然之间想不起她的名字，于是说：“那个谁谁谁。”

那个谁谁谁。这五个字，是少男少女内心情愫的高度集合，代表了喜爱、紧张、美好、胆怯、害羞等等诸多喜欢一个人的情绪。

朱锦瑟心里的那个谁谁谁，是马跃。当然，这是只有她自己一个人知道的秘密。这个秘密，就像一粒种子，不记得什么时候忽然种在了她的心里，并悄悄地长，悄悄地长。

事实证明，有时候你越害怕的事情，就越会发生。比如说你害怕考试会考到那道你没认真听讲的题目，那道题就一定会出现在试卷里；你害怕明天会迟到，结果就真的迟到了；你害怕他会是和那个谁谁谁发短信，他就真的是和那个谁谁谁发短信。

周五，马跃硬把朱锦瑟从地铁站拉了出来：“我要去买衣服，帮我参考参考。”

那个谁谁谁，约马跃周六去植物园，马跃像打了鸡血般兴奋地挑衣服试来试去的时候，朱锦瑟忍不住泼了他冷水：“都说是女为悦己者容，可到了你这，却成了男为悦己者容了。也是，就你那点破成绩，也只能多买几件衣服打扮打扮，充充场面啦。”

周六一整天，朱锦瑟觉得家里闷得透不过气来，坐也不是，站也不是，躺也不是，她打开空调又关上，打开电脑又关上，最后拿了一本书坐在飘窗边发呆。下午三点，她老远就看见马跃吹着口哨回来了，马跃那嘚瑟的样子让朱锦瑟心里一沉，丢开书，回到床上，用被子蒙住了头。马跃来敲门的时候，她从牙缝里蹦出一句话：“谁吵我午睡我就跟谁没完！”

她想，如果马跃把他和那个谁谁谁玩得很开心的细节告诉她的话，她没准会当场崩溃。然而马跃从来就不是一个善解人意的主儿：“起来帮个忙，这事没你真不行。”

男生都爱吹牛，马跃把这个特点发挥得淋漓尽致，只会弹个音阶的他为博得那个谁谁谁的好感，居然说自己小学毕业就已经过了钢琴九级。

小学毕业就已经过了钢琴九级的人其实是朱锦瑟。

马跃堆起极其讨好的笑脸求朱锦瑟：“你就当练习了，好不好？赵纤纤一定要听我弹琴，我说，回到家就给她打电话直播。”

“不好。”朱锦瑟没答应。

但马跃利诱了她：“只要你帮我，肯德基我请，哈根达斯我请，我那套泥人阿福也给你，另外还答应你一件事。上刀山下油锅，我一定做到。”

条件丰厚得让朱锦瑟觉得自己不答应他就是个超级大傻蛋。

可是，朱锦瑟在对着马跃那个保持通话的手机弹钢琴的时候，她觉得自己还是成了一个超级大傻蛋。特别是在弹完之后，听到那个谁谁谁在电话那边轻声说“真好听，晚安”的时候，朱锦瑟恨不得一头撞死在钢琴上。

愤恨归愤恨，马跃问朱锦瑟要他做件什么事的时候，朱锦瑟还是说：“麻烦你，把学习成绩挺进前三十名吧。”

还以为马跃会表扬自己为他着想什么的，没想到马跃不屑一顾：“朱锦瑟，没想到你这么土，我还以为你是我的知己。可不可以换一件？”

朱锦瑟瞪着他，没吱声，马跃只好说：“好好好。前三十名，前三十名。”可马跃嘴上是答应了，卷子却一张没做，上课不是打瞌睡就是看漫画书，下课不是玩游戏就是发短信，要不就是站在走廊上盯着那个谁谁谁所在的班级门口看，一旦看见她上课回来时就笑得像捡到了宝，他经过朱锦瑟的课桌敲了一下桌子，像说“不写卷子一会儿你会死呀”的样子，真是要多欠抽就有多欠抽。

在诸多原因的沉积下，朱锦瑟决定罢工了。这一天马跃又拿着手机来示意她弹钢琴的时候，朱锦瑟继续和一张习题卷“抗战”，理都没理他。马跃又是求又是哄的，朱锦瑟就是不为所动，逼急了的马跃丢下一句：“好，算你狠。”

朱锦瑟以为，马跃第二天还是会来找自己的，但是没有。更过分的是，周一去上学的时候，朱锦瑟跟他打招呼，人家头一扭，给了她一个沉默的后脑勺。

朱锦瑟不但觉得伤了心，还觉得伤了自尊。这算个什么事？他要她帮忙骗那个谁谁谁，她不帮，他居然不理她了，一点都不顾打小就相识，还做了十年邻居的情分。

“马跃是个大坏蛋。”这一句话，朱锦瑟也不记得自己是什么时候写下来，并把它夹在卷子的答案里的。大概是写字的时候分了神。

“这是怎么回事？”老班把朱锦瑟叫到办公室，指着这一句话问她，朱锦瑟还未回答，脸就红了，像被烧了一样。老班语重心长地说了句“下学期初三了，要更认真学习”之后，就让她回来了。

那一天，马跃也被叫到了办公室，一个下午也没回来上课，晚自习也没有见到他。

朱锦瑟一如往常与习题奋战到底，但速度与正确率都比平时低了许多，她的心老是乱跳一气，觉得有什么事会发生。

下晚自习回到宿舍后，忽然听上铺的舍友说：“你们听说没？马跃承认自己早恋了！现在还在办公室写检查呢。”

朱锦瑟正喝水呢，一下呛到了，咳了半天，眼泪都出来了。

据说，马跃到了办公室，老班一问，他居然就承认了，正巧当时教导主任也在办公室里，老班想帮他瞒都瞒不住。马跃真傻，一问就承认，正想杀一儆百的教导主任会放过他吗？

在这件事上，教导主任鲜见的有效率，马跃的处分第二天就贴上了公告栏，处分报告上倒没明写着马跃谈恋爱，只是写他违反校规第十一条，且态度强硬，不接受师长教育，所以停学一周配合家长教育。

马跃的爸爸脾气暴躁，马跃这一顿打，肯定是逃不掉了。

朱锦瑟觉得是因为自己那句话，马跃才被叫去办公室的，肠子都悔青了，自己到底是哪根神经坏掉了，才会把“马跃是个大坏蛋”这句不着边的话写到习题答案里的？

马跃的位子空了，可事情却没有平息，几乎所有的人都在猜那个女生是谁。校规第十一条是禁止早恋。马跃和谁在恋爱呢？为什么马跃受了处分而那个女生却没有事？

大家最后的焦点落在了朱锦瑟和赵纤纤的身上，朱锦瑟平时不怎么理会别的男生，但和马跃关系最好；赵纤纤是全校男生的偶像，包括马跃。这两个女生的成绩从来没跌出过全校前十，都是校领导偏爱的好学生，所以只处分了一个成绩不好的马跃。

这个猜测，得到了绝大部分同学的认同，于是，朱锦瑟的日子就有点难过起来，比如她回到宿舍，总能听到其他几个舍友阴阳怪气的议论声；又比如她去打饭，不小心撞到了前面的同学，就会得到一句：“成绩好了不起呀。”

这些小细节像水一样一点一点地累积着，让朱锦瑟的心沉甸甸的，重得快有点喘不过气。

说来也巧，因为心情的关系，朱锦瑟喜欢到校园僻静无人的角落里去透透气。有一天，她无意中就听到了这样一段对话：

“其实马跃不仅长得帅，还挺英雄的，都没把你这个女主角说出来。”

“帅是帅，但成绩那么烂，原本还以为他是钢琴高手呢，没想到是请邻居女生代弹的，要不是有一天那个女生不愿意帮他弹了，他还不知道要骗我到什么时候，真是可恶。他以为他主动承认错误，我就会原谅他了吗？”

“他不会知道是你去教导主任那里告发他的吧？”

“不会啦。我告诉教导主任，是他主动追我，我是一心想考重点高中的学生，不能被他影响了。教导主任还安慰我，不会影响我的。”

……

朱锦瑟有瞬间的冲动，想从凌宵花藤的深处冲出去，质问赵纤纤，为何这样践踏马跃那颗纯真的心？但她到底没有动，她是一个不太勇敢的女生。

违反了校规第十一条的马跃归校后，依旧笑得吊儿郎当，别人调侃他，他也仍呵呵地笑，一副没心没肺的样子。只有朱锦瑟看得见他偶尔看向赵纤纤班级方向的目光里有别人看不见的忧伤一闪而过。

朱锦瑟不知道要怎样安慰他，她只能缄默着，她每次去老班那里拿习题卷的时候，都会多拿一张丢给他：“快做。”

马跃有的时候会做，有的时候不做。但朱锦瑟从来不因为他不做而不再丢给他新的卷子。渐渐地，马跃就做了。渐渐地，马跃的成绩又回到了中上，有时候好，有时候差一点，但已足够让马跃的妈妈高高兴兴地来谢朱锦瑟：“锦瑟，我家马跃懂得用功学习了，真是多亏了你呀！”

初三像一场杂乱的战争，轰的一下子就到来了，教室里很多时候都是笔尖行走在纸张上的声响，细微、轻密。偶尔窗外一声鸟啼，抬起头的人，眼神有茫然，有坚毅，也有无所谓。

偶尔，朱锦瑟从考卷中抬起头看一眼同样埋在书本里的马跃的头，如果看到他正戴着耳机，她就会走过去没收，通常这时候马跃也不说什么，拿出笔，就开始做卷子了。功课多得让人有些透不过气来，大家似乎都一夜之间长成了大人，为着各自的目标默默努力着。

偶尔，朱锦瑟看到马跃伤感的眼神看向走廊的时候，也有过想告诉他“那个谁谁谁出卖了你”的冲动，但她从没付诸行动。

有些秘密说出来后，会破坏他心中的美好。

不知道很久很久以后，马跃会不会知道，有一个女生，曾这样小心翼翼地保护过他。

文/凌霜降

世上的一切似乎都有迹可循，唯独爱情没有模板，并非所有付出了真心的人都可以换来彼此相爱。人生本来就有很多事是徒劳无功的，但我们依然要去经历。感叹着旧时光，却看见更年轻的自己在拼命挥霍。青春的另一个徒劳之处在于，不管你怎么过，用心地过珍惜地过，疯狂地过勇敢地过，也许终有一天你会发现，你那么怀念的，不过是当初的自己。那么，又有多少人会以朋友的名义守护一个人呢，在彼此最美好的时光里？

叶子的芥末春天

十七岁的叶子刚转到新的学校，偌大的校园，陌生多过新奇。

课间的时候，叶子总一个人坐在操场边的长椅上，想自己从前的朋友。看上去像株没有雨水的植物，干瘪瘪的。可是四月的天气，怎么会没有雨水呢？

“总是一个人坐着，不闷么？”

说话的是一个高个子男生，唇角长了淡淡的须毛。叶子认识他，班里的体委，叫毕嘉，前天的篮球比赛，刚扭了脚。

叶子想对他说点什么，却又不知道该说什么好，于是只好摇摇头。

毕嘉笑了，“真是惜字如金的女生啊。”他从衣兜里翻出一只纸袋，翠绿包装，春天的颜色，放在叶子面前，“花生，吃么？”

“谢谢您，不用了。”

“不会吧，第一句话就是拒绝。”

叶子不好意思地一笑，还是从袋子里拿了一颗。她有些奇怪，碧绿色的花生，她还是第一次见到。

蘑菇生得鲜艳，是有毒的标志；蜘蛛长得漂亮，是危险的信号，毕嘉笑得灿烂，叶子却猜不到哪里不对，直到那颗绿花生放进嘴里，咬开，一股极辛辣的味道直冲进鼻子她才明白，那是芥末的味道，呛得眼泪“刷”地流下来。

篮球场上的男生在喊：“毕嘉，你又把女生弄哭了。”笑声一下就漾开了，飘得好远。

毕嘉拿了张纸巾递过来说：“吃惯了就好了，没什么的。”

叶子擦干眼泪，瞥了眼毕嘉手中的绿色袋子，上面写着“芥末小生”。

毕嘉的脚几天就好了，叶子也有了新的朋友。只是，她还是常常坐在操场边上，看自己看不懂的球赛。

其实，叶子坐在场边是想看到毕嘉，当然也希望毕嘉看到自己。她真希望毕嘉还像上次一样问一句：“总是一个人坐着，不闷么？”她想了很多开场白，只要他再坐过来，她一定不会只是傻傻地摇头。

下午的活动课，叶子又坐在球场的旁边，只是手里多了一包绿色纸袋，装着圆头圆脑的“芥末小生”。

中场休息的时候，可能是袋子的绿色太招摇，毕嘉终于走了过来，“你也喜欢吃芥末花生了？”

叶子放了一颗在嘴里，点点头，却不再说话了。毕嘉看着沉默的叶子，尴尬地擦了擦汗说：“要上课了，赶快回教室吧。”然后就回身远远地跑走了。叶子强忍的眼泪终于又“刷”地流了下来。芥末的味道太呛了，闭着嘴，才能不泄露满嘴的辛辣。而现在，叶子心里觉得也有些辛辣了——白白准备了好多天，只是摇头换点头。

六月梅雨，淅淅沥沥的总是不停。球场安静下来，只有雨声。这样的天气总让人发呆，老师叫了叶子N遍，她也充耳不闻。

妈妈被叫到学校，叶子站在门外，她觉得老师太小题大做了。十七岁和七岁，仍然用同一种方法处理。

那天站在门外还有一个人，就是毕嘉，把前半个身子都探到阳台外面，去接天上的雨水。叶子看了有些眼晕，她有点恐高。

毕嘉回头说："哎，你学习不是挺好的吗，怎么也留在这儿了？"

叶子不知道怎么说才好。

"很少看到像你这么安静的女生。"

"其实我也不那么安静。我很喜欢运动，真的。我特爱篮球，姚明和麦迪我都喜欢……"叶子做了这么多天的准备终于有了用武之地。她和毕嘉就在教室的门外，聊起了篮球。叶子开始希望老师说得再多些，再长些。她希望此时的时间也能无限放大，她还希望她和毕嘉的话题会一直延长。

毕嘉忽然一拍头像想起什么似的，从书包里掏出一包芥末花生说："吃吧，你不是也爱吃了吗？"

叶子忙摇摇头说："今天不了，我牙疼。你为什么这么爱吃'芥末小生'啊？"

"因为它有春天的颜色，春天才够酷啊！"说这话的时候，毕嘉一副嬉笑的样子，让叶子分不清是真是假。

回家的路上，妈妈有些生气。她问叶子："明年就要高三了，你到底一天到晚在想些什么？"

可是究竟在想什么，叶子自己也不太清楚，总有些懵懂无知的东西在蠢蠢欲动，没有必要非把它们想得那么明明白白，不是吗？

叶子这两天总爱在镜子前观察自己的小腹。因为学校要开游泳课了，她有点小肚腩，穿上泳装，一定像塞了只小垫子一样难看，微微凸着。

叶子要让自己减肥了，可是翻翻自己的零用钱，叶子还是决定选一个快速又经济的方法。把保鲜膜缠在腰上，放上冰块，再紧紧缠起，让冰冷耗费脂肪。这真是一种残酷的方法，叶子躲在厕所里，抖得像只电动牙刷。

可是叶子还是忍下来了，因为她不想在游泳课上，顶着凸起的小肚子，让毕嘉看到。

吃晚饭的时候，妈妈抱怨着这次买的保鲜膜真是不好，还没用多久，就已经用完了。叶子没有接话，一颗一颗数着碗里的白米。

妈妈问叶子是不是病了，她只是摇摇头。

叶子是病了，冰冻减肥法还是令叶子有些感冒。可她没有告诉妈妈。周一的早晨，叶子早早去了学校。今天的她不但减了肥，还剪了多年的长发。因为她想和那些短发的运动女生一样，也能和毕嘉自如地谈笑。

在学校游泳池的更衣间里，叶子不时瞟着镜了里自己的小腹，自信地弹弹清爽的短发，她觉得自己终于可以安心地穿着泳装站在队伍中了。

毕嘉在泳池旁示范着如何入水的动作，叶子期盼着快点轮到自己。她希望毕嘉能看到自己剪短的发和苗条的体型。可是，当叶子自信地站上池边，还来不急做出什么优美动作，一阵眩晕冲上来，然后便像一只企鹅一样跌入了水中。

叶子最后的意识是看见向自己游来的毕嘉。她心中暗暗想，完了，就让我沉下去吧。

叶子清醒过来的时候，发现自己已经躺在校医务室的床上，左臂的手腕有隐隐的疼痛，一个人在说："你醒了，不要动，正给你打点滴呢。"然后，她看见毕嘉坐在床边的椅子上。

"谢谢你。"叶子觉得太滑稽了。本以为自己的改变会换来毕嘉的注意，可没想到最终不过是一场当众的献丑。

"你的身体实在太差了，以后每天早晨早点来学校，和我一起锻炼吧。”

“好啊。”叶子想都没想地回答。

每天早晨，叶子和毕嘉会去学校的操场上跑步，然后坐在看台上，吃准备好的早餐，还有一大包“芥末小生”。叶子已经不觉得花生太辣了。

临近暑假的时候，毕嘉报名参加了三对三的篮球赛，一放假就去北京打比赛了。而叶子的暑假也变得漫长起来。她想给毕嘉打电话，可是想不好到底该说些什么。她每天依旧去学校跑步，吃早饭，然后买大包的“芥末小生”。

叶子每天都期望能在操场上遇到毕嘉，然后随意地问一句：“回来了，打得怎么样？”可是直到开学的第三天，叶子身旁的座位还是空着。毕嘉没有回来。

“毕嘉以后不来了。他被北京的一个体校挑走了。”

叶子听到同学议论的时候，她没有转身。她相信那是真的，却不明白毕嘉为什么没有告诉自己。难道他们连朋友都算不上？

她悄悄发了短信，给那个她用一个假期记熟，却没有打过一次的号码。

“为什么不告诉我？”

五分钟，收到了回复。

“对不起。”

放学后，叶子一个人坐在操场边的看台上，吃那些绿色的芥末花生，在辛辣的味道中，缓缓流下泪来。十七岁的叶子想不明白，为什么她会是最后一个知道的人。

最终叶子一个人背起书包走了，身后留下了那一大包绿色的“芥末小生”。她终于承认自己其实并不真的爱吃那些芥末味的花生，很多事情，不是强求就可以改变。或许有一天，当她再遇到毕嘉的时候，她会告诉他："其实我不爱吃芥末花生，但是谢谢你给我的那个'芥末春天'。"

文/岑桑

这个世界上，很多东西都可以努力争取，唯独爱情，不是努力了就会有回报，有的人注定是只可看不可爱，只有学会接受现实才能过得舒心。如果可以，找一个爱你、你又爱他的人去爱，这样你才会快乐。改变自己，也换不来真正的爱情，这时，不如坦然做自己，即使得不到这份爱，至少你是为自己而活。

四楼半的天空

告诉你一个秘密：每座学校都有一个四楼半，或者，是三楼半。可能并不是叫这个名字，但这样的地方一定存在。

通往学校屋顶的大门一般都牢牢紧锁，而通向屋顶的那段台阶，一般也没有什么老师或者清洁工去。就这么一小块的地方，势必会成为一小部分人的秘密园地。在我隔壁学校的那个三楼半，被当成学生的涂鸦天地，新的涂鸦盖掉旧的涂鸦，一届学生一届学生涂下去，谁也不记得它最初的模样。在我朋友学校的那个三楼半被叫做“纸条角”，墙上贴着“王老师是个没眼光的人，给我的作文打那么低分”之类的纸条，大家还会在后面“跟帖”。也听说有的三楼半被当做一堆调皮学生吃饭玩闹的地方，天天放学聚在那里聊天。

在我的学校，是四楼半，它的墙上时不时会冒出一点涂鸦，有时地上也会有几个塑料瓶子。我不知道它最大的职能是什么，但是，每天中午，它一定是我一个人的。它是我一个人的背书园地。

每天中午，走读生会回家吃饭，而我们住宿生在食堂吃完饭后会回到教室，在课桌上打个盹儿。我没有午睡的习惯。我会走到我的四楼半，站在台阶上，拿起一本《李清照词》什么的背起来。也会在快考试的时候，我需要突击，就拿着课本背什么副高压气旋和地转偏向力。

告诉你第二个秘密：出声背的效果绝对比默背要好，因为多个感官参与会加深印象。毕业已经这么多年了，我还记得地球自转一周的周期是365日6时9分10秒，我的同龄人可都不记得这个了。

总之在那个时候，我会大声把要背的东西抑扬顿挫地朗诵出来，在空无一人的台阶上，在属于我的四楼半。

忘记是在哪天，我的四楼半出现了入侵者。那天我站在午后的阳光里，把书扣在一旁，背着手吟诵着："秋千巷陌人静，皎月初斜，浸梨花……"一个男生，手里拿着和卷子一样大的那么一张纸，往台阶上走了过来。他完全沉浸在自己的世界里，而我也是。所以当他意识到有个人在这里大声背书，就吓了一跳，而我意识到有人闯了过来，也吓了一跳。

我不认识他，他似乎也不认识我。他说："不好意思啊。"就又低着头走了。

我觉得他应该是一个识趣的人，所以在第二天依然坦然地放声背诵。可我万万没有预料到他还是会闯过来。他还是拿着大大的一张纸往台阶上走，然后被我吓一跳。他走后我就背不下去了，总觉得还会有人闯过来，烦躁极了。

第三天，我吃了午饭后拿着书过来，居然看到他已经坐在那里了，膝盖上摊着一张纸。我生气了，我特别想说："喂，这里是我的。"但是又想，没人规定这里是谁的啊。我气呼呼地站在那里看着他，说不出话来。他发现了我，站了起来，拎着那张纸说："不好意思啊，你天天都会来这里的吧，那我走了。"

这下，我又觉得是我应该不好意思才对。我说："算啦算啦，毕竟今天你先来。"

"真抱歉，不过我实在找不到别的地方了。这样吧，星期一三五，你来这里背书；星期二四六，我来这里，好吗？”

那个时候，我们高年级的学生周六还要在学校补课。

我就这么答应了他的请求，我觉得还算公平。

每天的中午，我都会回忆一下今天是周几；我背书的时候，会想着他昨天在这里；他，或者我，偶尔会留这样的条子：“明天我有事不来了，跟你调一下啊。”这些事情，我都觉得很有趣，像是拥有一个共同的秘密。原来，分享没有想象中那么痛苦。

终于有一天，我忍不住去了轮到他占用的四楼半，看到他还是拿着一张大纸坐在那里。他吓了一跳，说：“你弄错时间了吧。”

我说：“我好奇很久了，你写的是什么？”

他敷衍地摇摇头，他说：“你以后不要弄错时间了，你闯过来，很打扰我的情绪。”

我觉得这个人实在是太冷了，我再也不打算去撞见他了。

日子一天天过去了，我认为我和那个男生再也不会产生什么交集。一切都会像流水一样，淌过去，就算有一点障碍，也仍会淌过去。

我有一个叫做赵丹的后桌。有天她神秘兮兮地要告诉我一个秘密。她说：“我昨天下了晚自习后，和刘玉跑到四楼半唱歌玩，那儿不是回音大嘛。我们从那里捡到东西了呢，你要不要看？”我点点头。

她拿出一支笔来，这是一支非常好看的英雄钢笔，金色的笔尖。我挺惊讶的，现在我们都几乎在用圆珠笔或者中性笔，没什么人用钢笔。我突然想到这会是谁的钢笔了，表情立马变了。赵丹说：“难道你知道这是谁的笔？”我点点头。赵丹说：“谁的啊？”我说：“我也不知道他叫什么。”赵丹说：“不熟吗？”我说：“了解一些。”赵丹说：“平时会碰到吗？”我说：“是能够碰到的。”但我不想把我去四楼半的事情告诉赵丹。

然后，赵丹就把那支笔给我了。

那一天，我老盯着这支笔出神。我想，这支笔应该不是他的，否则，他为什么不留张条呢？我想，我也不该跑去问他，否则他会以为我是故意吵他的，又该嫌了。还有，我也不能在四楼半贴张条问他，要不然赵丹就知道我们的秘密了。

也不知道出于一种什么样的心情，我买了一瓶蓝黑钢笔水，自己偷偷地用起它来。我觉得钢笔真是一种很有气质的笔，笔尖蹭过纸张的感觉那么有质感，而且从来都不用换芯，只要换水就可以了，像是一种坚持的性格。

我还以为，我永远都不会知道那个男生每天中午都在写什么。直到有一天，他们告诉我说，六班的吕何居然发表文章了。那时我是年级公认的才女，大家都认为，如果遇到发表文章这种事，也应该是发生在我身上。

吕何，吕何是谁？我略感嫉妒地问道。然后我拿来那篇文章看。

他写，他有一个秘密园地，他在那里思考，写长长的诗，虽然写不好，但依然乐意写。秘密园地的天空比任何地方都要安静，每一个中午的灰尘都清晰可辨，像单纯的浮游生物，有时乌云会遮住太阳，把阴影投在地面上，波动的景象如同幻觉。他写，他知道有另一个人也会来到这个秘密园地，会懂这样的景色，他说，幸好这样，它的美才不孤独，他也觉得自己不孤独了。

他写，他有一个绝版的记忆，有一个少女站在他的秘密园地念书，声音清亮的，音色充沛饱满的。他写，那个少女长得并不美丽，最美丽的是那种认真。那种认真，让秘密园地的天空显得更为安静。

他写，他曾留一个苹果在秘密园地，后来它不见了，他期望拿走它的是那个少女。他也曾留一张白纸在秘密园地，期望下一次出现时会出现别人写下的诗篇，但是什么也没有。然而，这些遗憾和猜测，就是世界的美丽，就是他的秘密园地最大的美丽。

凑在我边上的好朋友们等着我的权威批判。我隐住激动的心跳。我说："非常好，写得真的很有感觉、有气质。我不知道我们年级里还会有这么会写东西的男生。"

那些朋友乌拉乌拉地喊了起来，跳着、摇着那张报纸，大肆散布起传言：

"连刘莹都觉得那篇文章写得很好！所以，吕何真的很厉害！"

我仍然没有主动去四楼半找吕何碰头，也没有在别处遇见。我想，我们应该都有些害羞吧，而且，这一切都是我们的秘密，最了不起的秘密。

如今，我们已经毕业五年了。一天，我下了班，去找五年未见的赵丹。我们工作在同一座城市，离高中好遥远的城市。这也算奇妙的缘分。我们发现一个问题，讲起以前的糗事，全无当时的尴尬和紧张，它们又熟悉又美好。

讲着讲着就讲起了四楼半。我把中午的秘密讲给她听，讲我在背书，讲吕何的闯入，讲我们共用一个地方，讲他的稿件实际上是在写我。

她说："后来呢？"

后来呢？我说，关于他面孔的最后的记忆，就留在那个中午，他的表情有些僵硬，好有趣。他略带愠怒地说："你以后不要弄错时间了，你闯过来，很打扰我的情绪。"

赵丹打开枕头边的电脑，打开我们年级的QQ群，那个群已经很久很久没有响过了。

键入这样几个字："吕何，你高中时候有没有丢过一支钢笔？"

没过几分钟，回复来了。

“英雄的，对吗？”

文/流萤回雪

每个青春都藏有秘密。青春期时，她的心中暗藏着一个温文尔雅、才华横溢的男生，两个人共同守护着一个心照不宣的秘密。这种特别的情愫，也许就是“暗恋”吧。这种爱从未说出口，从未实现过，但它的存在却使我们的青春变得不平淡，不枯燥。

不可碰触的年华

良颂十七岁时就知道了爱情的滋味，就是面对一个人时，整个世界都丢掉了颜色，而她，是唯一的一抹灿烂。

良颂的唯一颜色，是高雅而绰约的粟米。

懵懂里，良颂知道了爱情是一种让人忧伤的东西，比如，他和粟米近在咫尺，一面薄薄的墙壁，便是天涯了。

十七岁的夏天，良颂疯狂地爱上了写日记，密密麻麻的文字，记录着他的粟米，淡淡的忧伤是他唯一的心情。日记里有着粟米的衣服、发型，以及她和谁走过什么地方，说话时用了什么表情。疯狂写日记让他的文字有了突飞猛进的飞跃，校报上常有他写的忧伤诗歌。

良颂常常想："这个粟米，仿佛在昨天还是一个头发微黄的白净女孩子，眼睛眨啊眨的，眨着青涩的花蕾，怎么在一转眼间，她就绽放了？"

隐约知道粟米的家，与良颂家隔了三个街区。那段日子，因为粟米，那个陌生的街区变得熟悉而亲切，他甚至知道了海南路二十六号就是粟米的家。

那次，他远远看见粟米，轻轻蹦跳在绿树如荫的路边，身上的淡青色棉布长裙，穿过树叶的斑驳阳光，花蕾般闪烁着。他极快地垂下头，不敢看她的眼睛，仿佛在轻轻一扫之间，她会洞穿了隐藏在自己内心深处的秘密。

这一次，没来得及躲，僵持在粟米身上的眼神，被她逮住，粟米望着他，浅短的惊疑后，是微微的笑：“你是良颂吧？”

那刻，良颂窒息了一下，然后被幸福击中：她居然知道自己的名字。

粟米笑着望着他说：“你的诗写得很美，我喜欢。”

良颂多么想说那些诗是写给你的，却不敢。粟米的眼睛里闪烁着单纯而干净的笑，像极了蔚蓝的天空。

良颂只说：“你要喜欢看，我可以写很多给你。”粟米渐渐不笑，说：“良颂，你该好好学习了，等读大学了，我们就长大了。”

那个晚上，良颂趴在桌上，反复写粟米粟米粟米……

接下来的日子，良颂没命地读书。仅仅是为了将来的某一天，他还会和粟米在同一所大学，进出之间，他还可以看见蹦跳在树阴下的粟米。

填报高考志愿的时间越来越近，良颂越来越焦躁，极想知道，漂亮的粟米会选择哪个城市的高校，粟米的选择是他未来的方向。

那次，终于看见急速走着的粟米，每一个赴高考的人都是这样的速度。

良颂鼓足勇气迎过去：“粟米。”粟米定定地望着他，一年的苦读，仿佛沉重的书籍已经把良颂挤出了脑海。半天，她眯了眯显然已经近视的眼睛说：“良颂。”

良颂的脸红了一下：“粟米，你说考哪所大学最好？”

这时，楼上有人喊：“粟米。”

粟米抬头望一眼，飞快地说：“北大，我妈妈叫我了，良颂，再见。”

那一年，良颂考中了北大，接到录取通知书，良颂第一个想告诉的是粟米，也想知道她究竟有没有被录取。没看见粟米，她妈妈告诉良颂，粟米考了复旦，因为她喜欢文字。

良颂慢慢说了声："哦。"失落来得有点绝望。慢慢走回家，良颂拉开抽屉，里面码着整整十本日记，厚厚的，每一个字，都是他青春路上的心灵痕迹，给那个叫粟米的女孩子。

几天后，良颂抱着十本日记，站在粟米家门口，说："粟米，送给你的。"脸倏地红了。粟米奇怪，用沾了水的手指点了点说："什么呀？"

良颂小心拂去水滴："看完就知道了。"

粟米接过来，笑笑说："正好有一个漫长的暑假，足够我看完它们。"

一个暑假，因为期望而变得漫长。

去学校报到的日子快到了，那天，良颂怀着忐忑敲开粟米家的门，开门的是个爽朗的男孩，良颂的心沉了一下，问："粟米在吗？"

男孩回头喊："粟米，有人找。"

粟米拿着毛巾揩着湿漉漉的头发，看见良颂，说："肖启，快让良颂进来。"

良颂拘谨地坐在沙发上，一直看粟米，不祥慢慢浮了上来。粟米指点着男孩："肖启，给良颂拿饮料。"

叫肖启的男孩拉开冰箱，掏出一罐可乐扔给良颂，隐隐的笑里有暧昧不清的内容："粟米，我给你吹干头发吧，不然赶不上六点三十分的电影了。"

粟米说："哦。"电吹风嗡嗡响着，肖启的手指，娴熟无比地穿过粟米的黑发，三个人的房间寂寥得沉闷。

在良颂，是煎熬。终于，电吹风停下呜咽，良颂艰难地说："粟米，你看了吗？”

粟米的表情停滞一下，然后说：“哦，疯玩了一个暑假，只想把以前没玩成的时间给找回来，还没顾上看呢。”

良颂的心，沉沉的，疼，或者庆幸，一齐拥挤进心里。

“我还是拿回去吧。”

粟米说好，进卧室抱了出来，递给良颂时问：“什么呀？这么沉？”

良颂说：“我写的诗歌，记得你说喜欢，就想让你看看。”

粟米说：“哦，你写了这么多哪？”

良颂说了再见，转身出门，眼泪哗啦就涌了出来。十七岁到十九岁夏天，良颂用两年的时间写了十本日记，是他一个人的爱情。

文/连谏

这个世界上，最悲哀的事，莫过于爱上一个不爱自己的人。爱上一个不爱自己的人，如同爱上一块冰，即使融化了也只是淡而无味的水。爱上一个不爱自己的人，一切都只是一厢情愿的幻想，到头来不过是大梦一场。爱上一个不爱自己的人，你动了心，他/她没动心，你会输得很惨。但是，请不要伤心，伤心的应该是对方才对。因为你只是放弃了一个你不爱的人，而他/她则失去了一个深爱他/她的人。不要试着去等，也不要欺骗自己。只有放开才会重新拥有，又何必活在过去。若要爱，请先善待自己。

第三辑　青春是一道明媚的忧伤

没有欢笑的青春不完整，没有眼泪的青春更是一种残缺。我们哭泣过，伤心过，也难受过。而这些就像是各种各样的调剂品，调配出了丰富多彩的生活。许多年以后，我们回过头看看青春，才看得脉络清晰——原来那个时候的眼泪，只是青春对我们的小小的考验。青春的车轮在时间里奔跑，会渐渐地慢下来，最终走向成熟和理智，在生活中碾出深深的痕迹。

凹版的青春

人到中年，自谓不惑，然而距离东隅春色越来越远，距离桑榆冬景越来越近，其实事事堪惊。据说，动物不具备十年以上的回忆，唯独人类拥有这项天赐的特异功能。可见众生平等只是佛家的说法，造物主并非一视同仁，由于他的偏爱，人类在许多方面得天独厚。

童年时期，我遭逢过迁徙之变，忍受过饥寒之苦，体验过丧母之痛。青春岁月的多半时间是在勤学苦读中静静度过的，所幸的是，至今回忆起来，还有几桩赏心乐事值得一提：与同学畅游香山，落霜时节给女友寄赠红叶；与好友在圆明园废墟相聚，探讨的却是天底下有多少爱情能够永恒；与文朋诗友登临八达岭长城，人人顾盼自雄，唯独我谦称“半条好汉”；与几位同学骑自行车去百里之遥的卢沟桥，只为找寻半个世纪前日本侵略者留下的弹孔……这样算起来，似乎良辰美景我均未错过，但仔细思量，仍有许多遗憾难以补偿。

童年该吃的糖果，延迟到少年再吃，就再不是那般滋味；青春期该做的梦，延迟到中年再做，就再不是那般浪漫。青春岁月只是短短的一截，犹如甜甜的甘蔗，就该用好牙及时咀嚼，等不得，放不得，耽搁不得。快乐比一杯夏日的新鲜奶酪更容易变质。

曾有青年学生问我：“年轻时怎样活着才算值？”这个问题耐人

琢磨，却又不好回答。我想，这个问题绝对不会有标准答案。我只能设身处地地寻思，假若我的青春能够在这个时代重新开始，我愿意或能够做哪些事情？我打算成为一个怎样的青年？

既然摆脱不了应试教育的大背景，那我就顺势而为，照样学好每门功课。但我不会再把成绩单上的高分数视为骄傲自豪的资本，我一定要挤出时间去观看那些张扬个性的欧美影片，阅读那些触及灵魂的经典诗文，欣赏那些悦耳怡心的中外名曲，饱览那些雄奇壮丽的山川景色……不只是这样，我还要在运动场上动如脱兔，跳得更高，跑得更快；在围棋枰前静若处子，虑得更远，谋得更深。我要战胜脑子里的怠惰，成为一个勤勉的人；我要根除骨子里的怯弱，成为一个勇敢的人；我要明辨是非，成为一个正直的人；我要同情弱者，成为一个善良的人；我要懂得感恩，我要学会更浪漫的爱，我要告诉亲人、朋友和同学，他们在我的心目中十分重要，我会永远珍惜与他们相知相处的缘分。

我将尽心尽力做好这一切，目的只有一个，那就是让自己的青春多出几抹亮色，不虚度，不荒废，不变为暗淡的灰，不落为枯萎的黄，不沦为郁郁的黑。青春是一片向阳的花地，晴空是海蓝的，花朵是火红的，草地是翠绿的，这片花地应该充满蓬蓬勃勃的生机。

我愿我的青春岁月成为一生中的华彩乐章，它的旋律快乐奔放，而且韵味绵长。

“这样亮丽的青春绝对不会留下遗憾！”

是的。或许会有一些小纰漏小破绽，大方向大目标却没有误置，无须改动。

然而现实却不容许我太过乐观。那位提问的青年已及时地提醒我：“现在房价这么高，就业这么难，理想只能延迟响应，做月光族，做啃老族，都有伤自尊，您设计的蓝图好是好，但变现的几率不大啊！”

他的话令我沉吟。青春太短，而前路太长，负重而行，咬牙打拼，苦而累，艰而辛。我承认，我的想法确实显得太轻松了，只有少数人才具备那种衣食无忧的先决条件。但就算情况再糟糕些，我还是会那么追求，许多理想恰恰成于艰难，而不是成于容易。

可惜我已经无法穿越时光隧道回到从前，只能旁观正当华年的年轻人大把大把地挥霍青春。羡慕吗？并不羡慕。我更希望他们加快创造的脚步，把三十而立、四十不惑的通道打开，而不是该立起时仍为阿斗，该不惑时仍满脑袋塞满“十万个为什么”。

凹版的青春固然没有凸版的青春那么醒目神气，但它更能显现一个青年人扛鼎的雄心和凌云的壮志。磨砺中的宝剑，苦寒中的梅花，它们没理由自嗟悲辛。那砌石正是锋芒的出处，那冰雪正是馨香的来源。

文/王开林

作家叶圣陶先生说过：“少年时期的放浪是晚年的汇票，人生的最大悲痛莫过于辜负青春。”的确，青春是有限的，但智慧是无穷的。青春是生命的一部分，但并不是生命的终点。珍惜青春，就是珍爱生命。趁短短的青春，学习无穷的智慧，等到成功的那一天，你会想起青春岁月所留下的痕迹。

被黎芊芊左右过的花样年华

心事来潮

我像一只受伤的精灵，在一张简易报纸的掩护下，仓皇失措地向寝室楼的方向跑去，显然听得见身后那丝丝入耳的嘲笑声。

我利用课间十分钟时间向寝室里狂奔，目标是换掉这身受了污染的白裙，而我必须要过黎大妈这一关，因为她是整座女生宿舍的掌管者。

幸运的是，她不在，我见一个打扮时尚的女孩子坐在拥挤得仅能容下一张床和一张课桌的“偏房”里埋头做着功课，我着急地向她打招呼，嘴里大声说着：“姐们，开门呀，我有急事。”

黎芊芊抬头看我的脸，我的眼也毫无保留地留在她的脸上。她的清纯靓丽让我有些相形见绌，但顾不了许多了，我东突西奔地乱向她解释着。她诧异地望着我盯了半天，好像将我当成了一个精神病人。后来，我索性将报纸移开来，她才恍然大悟的样子，笑着说道：“我还以为怎么了呢？每个女孩子都会有这样的过程的，你来的有点迟了，旁边是钥匙，自己开门去。”

那一天，我的眼眸里留下她那张白白净净的脸，她咬着笔头就坐在时间的长廊里，话说得不多，却让我多年埋藏已久的心事訇然涌现。

青春来袭

我的生日就固定在某年某月的某一天，因为是我随口说出的一句话，却被班里几个好事的，对我有偏心的男生抓了个正着，他们买通了室友，准备给我来个突然袭击，等我如梦方醒时，他们早已经暗度陈仓般地蛰入了女生寝室。

而当时，我正与黎芊芊一起看动画片。她的祖母，也就是整座楼的管家与保安，正虎视眈眈地望着我这个像极了韩剧里的无法无天的野蛮妹子。在她目光的威逼下，我有些不自在。

李娃娃风风火火地从门口跑来跑去的，好像在找什么人似的，她几次出去无果后，终于在黎芊芊的“偏房”里发现了我。

她们为我的出现做好了一个精彩的有些危险的注脚，等到我像个没事人似的被黎芊芊的祖母扔进寝室里时，现场突然间一片沸腾，那些无事庸人自扰的家伙将我团团围住，啤酒瓶子倒了一地，满屋芳香四溢，生日蛋糕早已经尘埃落定。

谁的青春由谁作主

当我们的战事正酣时，黎大妈突然出现了，她笑呵呵地说道：“诸位美女靓男们，我老太婆也过来讨杯酒喝行不？”

她一眼将我的脸咬得死死的，毫不松懈，我感到灵魂突然间崩溃了。那几个违了纪律的男生，早吓得将身子弯到了床底下。

但最终的结果是：我们所有的人员均被她提到“偏房”的门外，一个一个地过堂审讯，做笔录的就是那个叫黎芊芊的女孩子。

黎芊芊看到我的脸时，我的心正突突地跳个厉害，我心里想着：可坏了，一直想给她留个好印象，最终还是露馅了，我最恨的当然是那几个臭男生。

我制止了黎大妈的嚣张气势，说此事全由我一人承担，是罚款，是开除出此座楼，还是通知班主任，您随便。

黎大妈气得不得了，她大声说道："你们犯了至少十项大错，第一，男生进了女生寝室，此为不义；第二，作为学生喝酒，此为对国家法律的公然挑衅，此为不忠；第三，花父母的钱玩乐，此为不孝；还有第四……"

正当她的话按着她自己的思路原原本本地说出来时，旁边的黎芊芊却突然说话了："奶奶，我觉得没有必要小题大做，放他们走吧，这个年龄的男生女生需要的是疏导，不是批评和处罚。"我对她崇拜到了极点。

生命的路当然可以倒着走

我一直注意着她的存在，我心里想，作为同龄人她有着我所没有的成熟和理智，她的大度和聪明，我怎么追也望尘莫及。我想她也许比我高一级，但我怎么也找不到她存在的班级和坐标，我向她打听时，她总是笑着。

我从她的课本里找到了秘密，她看的居然是小学三年级的课程，我想也许她是"温故而知新"吧，但有事没事翻她的书时，上面居然标着别人的姓名，原来书是借来的。

她则笑我："'书非借而不能读也'，借来的书才有味道，才能珍惜，我没钱，别笑话我。"

但分明在某一个清晨，我看到一个熟悉的背影穿梭在另一幢教学楼里，当我想追上去看个仔细时，她早已经消失在茫茫的人海里，我只记得当时她佝偻着身躯，很难受的那种样子。

我的考试成绩下来的当天夜里，我被父母的电话骂了个半死，母亲在电话里数落了我的各种罪过，甚至将猴年马月发生的事都和盘托出，说我的不是，说我的不学无术，说我的狗屁不通。

我对黎芊芊说道："我真后悔自己以前的行为，如果生命的路可以倒着走该多好。"

黎芊芊说："绝对没问题的，你的目标在远方，而你的身躯却一直向着太阳走，如果你将身躯倒过来，不就可以看到自己走过的路了吗？倒着走没问题的，照样可以到达目的地，不信，你可以试试。"

我刹那间若有所悟，生命注定没有回头路，你所能够做到的，只有转回身去，擦掉过往的辛酸和疲惫，好好地继续自己的路程，因为幸福就在远方向你招手。

朝来夕去的青春过往

女生们对黎大妈的恼怒终于到达了极点，虽然我极力反对大家采取极端的手段。事情最终发生在某个傍晚，整座楼的女生蜂拥而出，围住了黎大妈的"偏房"，当时，黎芊芊正悠闲地坐在她经常坐着的岗位上做着作业，事情完全没有任何征兆地发生了，黎大妈不可一世地阻挡着大家，女生们失了控，将整座小屋挤得水泄不通。

一群人摔倒在地板上，包括黎大妈和黎芊芊，还有弱小的我。黎大妈看到黎芊芊倒地了，就拼命地挣扎着，嘴里面大声地吆喝："芊芊，你们别碰她，她的腿有病。"

我终于知道了所有关于黎芊芊的故事：她自幼父亲死于车祸，母亲不愿意随着她与祖母过压抑的艰难生活，拂袖而去；黎芊芊自幼多病，由于缺医少药，加上治疗不及时，她的左腿永远无法站立起来；她装了一个假肢，但质量很差，走起路来颤颤巍巍的，好像随时要跌倒的样子。她爱学习，祖母每月三百元的工资交不起她的学费，她便每天早晨偷偷地跑到高年级的楼上听早自习，遇到有老师出来看到她，她便装成打扫卫生的人员。

黎大妈和黎芊芊走时，只有我一个人去车站送她们。我说："你到了目的地给我打电话，我会永远记得你的。"黎芊芊说："很幸运遇到你，愿我们将来有缘再见。"我说："一定的，我会挣好多好多的钱，会给你买条高贵的假肢，我会和你一起去看天，看云，看满天的星斗伴着晨光一起飞舞。"

这个左右过我花样年华的黎芊芊，这个曾经教导我让我好好珍惜现在与过往的黎芊芊，这个一直鼓励我奋进一直希冀有一日能够与我一起奋斗的黎芊芊，这个教会了我自信、自强和让我明白青春过往中的是与非的黎芊芊，最终还是远遁他乡。我看着她祖母花白的头发在空中飘扬着，她们相互搀扶着离开时的背影，让我想用尽一生好好地珍藏。

文/古保祥

一个生来多灾多难，身体残缺，家贫失学的女孩，用自己善良乐观、成熟理智和聪明上进，感染并鼓舞了身边的同龄人，只可惜她人生的苦难并没有结束，不得不远走他乡，令人唏嘘。相信对生活的热爱和执著的追求，终有一天会让她得偿所愿，找到自己的幸福。

别钻进青春的死胡同

很多人觉得我写了《致我们终将逝去的青春》，就一定对青春有着更多的感悟。事实上，我和大家一样，都是青春曾经领养的孩子，你哭，他笑，我玩着一个童年的布娃娃，一不小心跌倒，感染人生第一场抑郁，又开始学会做爱情的美梦，最后醒来的时候，你就突然跟身边的人发出疑问：我们什么时候长这么大的？而就在这个时候，或者更早，青春不动声色地拿走了我们所有的伤疤。

这是一个昂贵的梦。

我们都输了却不自知。青春是楚门的世界，没有谁可以逃出它的掌控；青春是一场黑暗，它做了一层密不透风的茧，然而有光，让你可以看得到外面的世界，让你肆无忌惮地哭泣，挣扎，歌颂每一个清晨、天黑的时候，所有人都在打磨关节，把自己拉长。同时，思想也大规模出动，围剿每一个昏昏欲睡的脑袋。

青春是一个圈套，然而是善意的。

你虽然永远赢不过它，躲不开它，但是它终究会从你身边离开，干脆到连声招呼都不打，连个背影都不留下。然后你觉得自己解放了，前方面对的却是更多的圈套和陷阱。这个时候，你想起之前的每一次泪水，每一次跌倒，每一次愤怒和无助，当然，也有每一次侥幸的或是笃定的小小胜利。于是，你决定往前迈出第一步，褪去了所有的青涩和稚嫩。即使第一步就崴了脚，你也没有眼泪。你会苦笑，自嘲，拿高跟鞋撒气，然后继续一瘸一拐地，赶路。

你知道回不去，青春已是一场回忆。

而人生越往前，你越怀旧，越感念青春的美好。你翻着初恋对象写的分手信，“瞧瞧，那时候，连欺骗都是真的”。你连夜赶着一个策划案，想起还是大学新生时，一个人拖着个大箱子局促而又兴奋地去报到。再后来，你不再会听着学友哥的演唱会流眼泪，甚至连爱人的一个拥抱都要计算时间成本，你住进了高楼，你坐进了汽车，你没有快乐，甚至悲伤，只是对着人生的下一个路口，烦躁地按喇叭。

再后来，又有很多人、很多梦想从你身边走开，他们离开的速度快到连回忆都来不及留下。你最后握住的只有青春的回忆，一屁股坐在沙发上，陷进去大半个人生，拿开影集，突然间泪流满面。

你终于原谅了青春，也终于懂得了感激。你终于开始承认它是你的生母。人生的密码早已在你懵懂初开的时候一把全塞到了你手里。只是那时候，我们不懂得细细咀嚼。

现在你知道了，那些恣意飞扬的岁月里，我们每一次躁动不安的梦想，年轻气盛的誓言，猝不及防的暗恋，义无反顾的摔倒又爬起，其实都藏着一颗颗饱满的种子，它让我们有了脊梁，有了思想，有了人格，通晓了嘴巴和手的真正的功能。在人生每一场来势凶猛的暗战中，保全了自己。然后，一有机会，你完全可以朝着你想要的精彩和骄傲一路狂奔。

所以，在你离开青春后的每一天，如果人生真的遇到了太多怀疑、挫折、彷徨、无助，你要好好想想，曾经青葱岁月里的你，会怎么办。

朋友，青春不是死胡同。它终将逝去，却远未逝去，像读不完的书，一直给你温暖和力量。如果你善待它，懂得感恩和回报，它会在你认为的人生每一个死胡同面前笑眯眯地等着你，然后拿出每一把钥匙，就像拿出你小时候期待已久的糖果。

文/辛夷坞

青春就像是一首歌，年轻是其独特的音符，只有用奋斗去谱写，用激情去歌唱，它才是最动人的。青春是有限的，我们每个人也只能年轻一次。青春，本身就注定了不会一帆风顺，不要因为错过了太阳而哭泣，也不要因为世态炎凉而抱怨，更不要因为荆棘密布而退却，否则你会连星星的光芒都错过。善待自己，善待青春，把握现在拥有的一切，义无反顾地为预定的目标去拼搏，为了不再年轻的时候能够问心无愧地对自己说一句：青春无悔！

绰号，让青春有点痛

睁开眼，明晃晃的阳光照进来，我的身体像浮在大海上，轻飘飘的，没有一丝力气。我的手被另一双温暖的手抓了起来，她说："小可，你还让不让人活了？我从小到大被人叫做'豆包'，我还不是该吃就吃，该睡就睡……"

我的眼泪顺着眼角流到耳朵里。我听不清"豆包"在说什么。我只记得晕倒前，校草林兵当着全班同学的面喊我："'结巴妹'，这次诗歌朗诵会你就不用参加了，免得坏了大家的情绪。"我张了张嘴，很想说我现在不结巴了，请别再叫我"结巴妹"，可话到嘴边却咽了下去。

从小到大被人唤做"结巴妹"，我已经懒得去反驳了。但是这次是从林兵嘴里说出来的，这让我无比伤心。我一直以为他很关心我，因为他曾帮我从学校图书馆借书，还鼓励我对着墙壁说话，难道他都忘了吗？他怎么可以在众目睽睽之下叫我"结巴妹"？

放学后，我没等"豆包"。她上气不接下气地赶上来，说："小可，我就知道你生气了，那家伙今天不知道吃错了什么药，居然也学人家叫你的绰号，太过分了！"

我瞟了"豆包"一眼，说："你知不知道你别的功夫没有，就会火上浇油？""豆包"撅着嘴，说："人家还不是想劝你，你别好心当成驴肝肺！其实也没什么，你现在一点都不结巴了。我等一下去找林兵，如果他不让你参加朗诵比赛，我就广播给全校听，说他‘为官昏庸’……”我的心像要从胸膛里跳出来一样，我禁不住喊了起来：“秦婷婷，你是不是还嫌我丢脸丢得不够？有那工夫你把你身上的肥肉减一减好不好？以后你少管我！”这些话一点也没卡壳，像子弹射出枪膛一样干净利落。

我转身上了驶过来的公交车。公交车经过“豆包”身边时，“豆包”还像被钉子钉在那里一样。

回到家，我倒在床上，泪水涌出来。从小到大，“结巴妹”这个绰号像魔鬼一样和我如影随形。只要别人高喊一声“结巴妹”，我就恨不得找个地缝钻进去。

对着镜子，我开始朗诵海子的诗。那些诗句伴随着泪水和剧烈的头痛一起涌上来。我打开了抽屉，里面有治头疼的药，依稀记得医生对我说过，如果过量服用的话，会有生命危险。我把瓶子里的药片倒在手心里，就着白开水吞了下去……

“豆包”的手胖乎乎的，很暖和，她絮絮叨叨地说：“要不是我随后坐上车跑到你家，你的小命就没了！小可，下个星期的朗诵比赛对你真的那么重要吗？”

我冷冷地把手从“豆包”的手里抽出来，说：“我只是不小心吃多了药而已，不是像你想的那样要自杀。”

“豆包”立在我的床头，嘴像落到岸上的鱼的嘴巴一样，张了张，又合上了。良久，她还是忍不住说：“刘小可，别以为就你一个人受的伤害深，别以为这世界上就你最倒霉。你觉得‘豆包’这个绰号比‘结巴妹’更好听吗？你以为我真的没心没肺到连自己最好的朋友挖苦我，我都无动于衷吗？刘小可，我们每个人都想变得完美，但是没办法，总会有一些不如意的事缠着我们，我们除了一边接受一边努力去改变以外，还能怎么样呢？林兵说你口吃，你就流利地把海子的诗背下来，看他还能说什么！”

“豆包”背着书包走了，阳光热烈地透过窗子照进来。如果不是“豆包”及时赶到我家，或许我真的见不到阳光了。

我的泪又流了下来。门轻轻地响了，是林兵。我闭上眼睛，假装睡着了。我听到他说：“小可，对不起，其实……”

老妈拎着大包小包进来，招呼林兵吃苹果。林兵慌忙说他还有事，然后走掉了。

其实什么呢？其实我应该很勇敢地面对自己的缺陷吗？其实我应该坚强地接受人家叫我“结巴妹”这一现实吗？

鸡汤喝进嘴里，味道很苦涩。

几天后，我重新回到了学校，同学们正在排练。林兵把本子递给我说：“刘小可，我们一致推举你当领诵员。”我推开他递过来的本子，冷冷地说：“谢谢你的好意，我不用同情。”说完，我快步回到自己的座位上，把书包塞进抽屉里，低下头看书。教室里很安静。

半晌，林兵走过来，拉住我的手往外面走。

在学校的操场上，林兵说：“刘小可，我知道那天我伤害了你。但是，你有没有想过，为什么‘豆包’同样被人取了绰号，却照旧能快快乐乐地生活？”

我扬起头看林兵说：“你未免管得太宽了，这是我自己的事，用不着你管！”

林兵拔出一根狗尾巴草叼到嘴上，瞅着远方说：“你说得对，这是你自己的事，但我是你的朋友，我想告诉你，你自己都不接受你自己，又让别人怎么接受你？”

“难道你在大庭广众之下叫我的绰号是对的？”我的眼里要喷出火来了。

那天我再没说一句话，就连上课老师提问，我都一言未发。老师无可奈何，只好让我坐下。

放学时，看着三三两两的同学结伴而行，我觉得自己很孤单。“豆包”上气不接下气地赶上来说：“刘小可，下次你再走这么快，就会有很多人跟在我后面捡肥肉了。长此以往，我就可以参加北京奥运会了，没准女子田径比赛我还能拿个冠军呢！”

“臭美！”我又好气又好笑。这丫头真是没心没肺，我再怎么打击她，她仍是会扬起向日葵般的大脸冲我笑，真拿她没办法。

她前后左右瞅了一圈，小声说：“刘小可，告诉你个秘密。”

我“哧”了一声，“豆包”嘴里会有秘密？真新鲜！

从“豆包”的叙说中，我知道了那次林兵叫我的绰号原来是因为跟同学们打了一个赌。上次班上选领诵员时，林兵推荐了我，班里有同学提出了疑问，说我心理承受能力差，到时候有可能会临阵退缩。林兵说：“刘小可早就不像原来那样了，她连口吃都能克服，怎么会怕做领诵员？”

结果林兵被同学们将了一军：“你就叫她一次‘结巴妹’试一试嘛！”

试的结果是我吞了半瓶治头痛的药。

“豆包”说：“你不知道林兵后悔得差点把自己的舌头都咬下来了，可他还是坚持让你做领诵员。你休息的这些日子，别人都在紧张地排练，就差你这个领诵员呢！”

我转身往教室跑，林兵还在。我的脸烫得厉害：“你……你真的觉得我行？你……不怕我……给咱们班丢脸？”

林兵摇了摇头，说：“刘小可，我相信你可以过得了这一关，没什么了不起的困难。”

我冲出教室，追上“豆包”，喊道：“叫我‘结巴妹’！”“豆包”的小眼睛瞪得溜圆，说：“你不会又受了啥刺激吧？”

“当然是受刺激了，我想看看如果我不在意这个绰号的话，这个世界会是什么样。”我笑道。

“豆包”一边笑，一边喊：“‘结巴妹’，你看天好蓝啊！”

路上的每个人都回头看着我们。我扬起头，大声说：“天……真的好蓝啊，就像……蓝色的果冻！”

一周以后的朗诵比赛上，我口齿清晰、情绪饱满地领诵了海子的诗，我们班因此得了全校的第二名。“豆包”直夸林兵是伯乐。而我，仰起头，看着蔚蓝色的天空，努力不让眼泪掉下来。我知道，十七岁这年的秋天，有支叫“绰号”的暗箭飞过我青春的上空，还好，我挺过来了。

文/风为裳

首先，同学之间互相起绰号是觉得好玩，并不是为了伤害别人的自尊心；其次，有的同学外貌特征比较明显，如太胖、太瘦或者表情很丰富等，起绰号也是强调其与众不同的地方，如果是能突出自己优点的绰号，应该高兴才是。如果是自己的缺点（不是身体上的缺陷），那就尽量克服它。有时候，别人叫自己的绰号虽然是件令人反感的事，会让你感到困扰，但这也是一种属于少年的繁华盛景。多年以后，当一切物是人非，有人再次喊出当年的那个绰号时，你会发现，能够击中心中柔软的地方的，正是那个你讨厌的叫“绰号”的东西。

留不住的青春

这个世界上并没有什么东西不会老去，生命犹是如此。对于生命个体来说，老即说明了你拥有过许多生命经历，也说明了你剩下的生命越来越少。老给人两种印象，一种是衰亡，一种是成熟。这其实并没有什么矛盾的地方，因为或许，衰亡就是成熟的代价。

想要知道怎么不老，首先得知道为什么会老。

关于衰老，人类的科学研究也不遗余力地进行着探索。虽然依然无法单纯地指认“主凶”，但是可以确定的是人类的衰老是从细胞的衰老开始的。这也很容易理解，我们身体基本的组成单位就是细胞。如果它们不衰老，又如何见得皱纹遍布白发生？那么，为什么细胞会衰老呢？

这要从细胞的复制和增殖说起。为了我们能够数十年如一日地正常维系生命活动，我们辛劳而无怨的体细胞们，不惜在完成各自使命的同时繁育复制下一批“接班人”。然而，细胞的复制虽然严格按照上一代的各项标准准确复制，可是在我们漫长的生命里，我们体内的细胞已经更新换代了数十万甚至数亿次，就像复印机复印东西，如果你一直用新复印出来的那张当做下一张的复印样本，最终你复印出的材料的颜色会变浅的道理一样，当我们生存了数十年之后，我们体内看似和原本细胞并无差异的细胞们已经产生了微妙的变化。只不过与复印机不同的是，不是颜色变浅，而是衰老。

当然，作为“主人”，你不能准确地感觉到它们的这些微小变化的临界点。对你来说，衰老的进程需要很多年通过很多细微的观察才能感受到。因为就像前文中所述那样，我们的衰老是从细胞开始的，通过渺小的细胞衰老再反映到人体可观察的程度可能需要很久。而对于你来说，觉察到衰老可能只是你又发现了一丝白发，你上楼梯又多了一分钟，等等。缓慢的衰老进程，让我们不至于一夜走向夕阳，但是也让我们在人生的几乎一半的时间里饱受逐渐丧失青春和活力的煎熬。同时，衰老也不是同时进行，而是分部位、器官、系统，逐渐衰老的。这是由我们不同细胞系统的不同生长周期和特性所决定的，但是无可置疑的是，我们身体内的各项生命指标在到达五十岁的时候将比我们二十岁的时候平均减弱百分之四十左右。就像一部只有百分之六十的电量供应着的机器，你当然无法完美地维系从前的生命活动了。你还无法体会那将是怎样一种感觉？没关系，过几十年你就会懂得。衰老这件事的另一个特点就是绝对一视同仁，谁都跑不掉。

所以，这也就是为什么每一个人都渴望留住青春，保持不老的原因。从古至今，从各种邪术到各种滋养品，人们企图放慢时间残酷脚步的尝试从未停止过。然而，现代科学的研究告诉我们，如果无法改变细胞衰老的现状，任何方法都只能是杯水车薪，依然无法改变妙龄如你我他，终究成为风烛残年的老者的必然结果。那么，阻止细胞衰老可行吗？首先，千百年来人类在延缓衰老上始终效果不佳的原因就在于人类使用的方法，无论是邪术，还是保养，或者进补，都距离阻止细胞的衰老的问题中心太远。所以，对症下药才是根本。

那么，有没有直接阻止细胞衰老的方法呢？理论上是可以找到办法的。比如寻找到细胞复制时的负责检查的分子构成，强化它们的检查力度。觉得力度不够？那就干脆封存现有的身体细胞或者制造更为接近原始细胞的细胞，当你感受到了岁月的侵蚀，就逐批地更换替代它们。当然，不得不说的是，这样的技术可能会过于复杂，可能会带来更大的问题。那么，还有一个更为简单的办法，如今正风风火火地流行起来的干细胞诱导技术，如果它成功了，就可以带来最年轻的细胞和器官，并且完全符合你的免疫系统。把我们身体衰老的零件逐一更换如何？不能一夜白发变朱颜，但是却也能够完成长生不老的美好愿望。

可问题的关键在于，并不会真的有人轻易尝试研究这个。显然，如果成功了，带来的问题是严重的。没有衰老的人类将获得更多的生存机会，更低的死亡率，我们拥挤的地球还有多少空间可以提供给我们？当然作为个人这可能不是需要担心的问题，但是这不是说你就可以安然接受这个未来技术所带来的一切后果了。比如，如果你有一个比你强壮的父亲或者一个比你更漂亮的母亲会不会让你不知所措？这也无所谓？那么如果发现你刚刚爱上的姑娘经调查却是你母亲的闺密的情况呢？哦，这样的局面一定不是你想要看到的。这将会给予人类社会和伦理道德以巨大的冲击力。

显然，这个人人皆想实现的科学梦想，会给这个世界带来太多的乱子了。不过，或者衰老也没那么悲凉，那至少让我们懂得珍惜和怀念青春，或者说正是因为衰老的存在，才使得青春的界定存在意义。衰老也让我们人生有着明显的区分界线，不然你的人生就像一个没有尽头没有中转站的漫漫之旅，你的人生成了一部冗长琐碎的泡沫剧。就像大地的四季变化，春花之灿烂，秋叶之悲壮，谁也很难说清哪一个更美丽一些。或者是彼此成就了对方，会失去的才是可贵的，不是吗？虽然青春不能永驻的现实让照片里的那对俊男美女渐渐成了小老头丑老太，却也让他们在岁月的打磨下，在苍老取代青春的过程中，懂得了相守的永恒的珍贵。

文/李坤鹏

十八岁的春天，对每个人来说都只有一次，年年岁岁花相似，时光的车轮却永远只能向前滚动，绝不会回头。衰老和死亡是人类不得不面对的事实。永葆青春自古以来为人们所追求，可是，谁能逃脱衰老的命运？青春是留不住的，不过，你可以留住快乐的心态和永不衰老的心。只有经常这样暗示自己，即使你仍然会有莫名的惆怅，仍然会有窗前的泪光，只要你不去管它，你就会为曾经拥有过的一切感到欣慰和满足！

年轻时我们都有相似的故事

那次乘火车去一个小镇，邻座的一位相貌堂堂的小伙子正沉浸在“还我自信、推销人格、完善形象”的讲演气氛之中。当然，他的忠实的听众不是我，而是对面坐着的两个漂亮的女孩。

奇就奇在，那两个女孩越听得投入，小伙子越是话题无穷。到后来，他简直是在那儿吹牛了，明显的破绽有两处：他提到的一位和他“在一起长大”的女演员，刚好是我一位朋友的妻子而绝非待嫁的高价姑娘；他说他的工作单位又偏偏是我所在的部门，而我从来没有见过他。

本来想剥去那小伙子的伪装，但看看那张并无凶相和杀机的小白脸，再瞅瞅他的两个忠实听众的虔诚模样，我竟动了恻隐之心，索性默不作声。旅途够困顿的了，我应该允许不甘寂寞的人在途中创造点乐趣。

以后，我时常把这个小小的插曲讲给朋友们听，他们大多一笑了之。独有那次与一位忘年交对饮，酒兴正浓时，我又搜出这个故事，不料这位以坎坷而著称的老人竟道出这样一席话：“不足为奇，不足为奇，年轻时，我们都有相似的故事，那是一种青春虚荣症。因为浅薄，就需要自夸和谎言壮胆，而到成熟时，人们就向矫情告别，与自信和诚实结伴而行了。”

年轻时，我们都有相似的故事。

这“沧桑牌”的老酒真是值得一品啊！于是索性喝下去，让自己也醉一回，体验一下酒后吐真言的快感。

不错，我是在海边长大的，干过捕鱼捉蟹的勾当，也曾跟在大船后面摇过小舢板，甚至也写过“从海中捞出一轮圆月”的幼稚诗行。但海上人家的基本功——游泳，我却并不在行，至今的看家本领仍然是“仰面朝天”外加“狗刨儿”，而决非平素在旱鸭子面前神吹的那种“头顶鱼筐，踩水露肚脐眼”的境界。

我的确去过大草原，在蒙古包里喝过用膝盖擦碗的砖茶，也曾用牛粪煮过鸡蛋，草原的经历仅此而已。我时常抱憾于仅有一次的草原之行却没吃上一块羊肉，而在多少次朋友的聚餐上，眼前丝丝片片的涮羊肉却使我不由得大谈在蒙古包里吃烤全羊的经历。

故乡的小路也是没齿难忘的，那块历史比我悠久的石头曾多少次把我的大脚趾磕出血来。在春眠不觉晓的日子里偏偏得早起，用草叶上的露珠洗掉眼屎，跌跌撞撞地下地干活去。可在城里人面前，我偏把蚊子叮咬夸张成蚂蟥钻到腿肚子里，拽出一半还剩下半截；我还把牵着黄牛走路说成骑着水牛过河；还有，我确实认识张影星、李歌手、赵书记、钱部长，也许，他们的某个地方还有我的名片呢，但是他们在不知不觉中就把我当路人看待了，而我竟会在他们不在的场合大谈他们的经历、传奇、轶事。如此这般，又与火车上的那个吹牛的小白脸有什么区别呢？而这不过是十年前抑或五年前的事罢了。

其实，我的装模作样和故作潇洒在当年也未必就没人察觉，只是因为遇上了如同我现在心境的人而不忍撕破这张牛皮吧。

也许，青春无一例外地要在十八岁的地方拐弯，然后在虚荣面前尝几回尴尬的滋味才肯走向成熟。也许，我今日的自信仍然还只是一颗青果，但它毕竟已成为一枚果实了。有此底蕴，我从此不会再把我住了数年的茅草屋说成是大瓦房，我也不会再把我不认识的明星说成是我的铁哥们，更不会把昨天的相思美化成永久的恋情……

别了，矫情；别了，虚荣。

让一个个昨天的故事留在我的身后，如实地留在那儿，不会改变。

文/辛栋

虚荣心是一种扭曲了的自尊心，是一种追求虚表的性格缺陷，是人们为了取得荣誉及引起他人关注而表现出来的一种不正常的社会情感。年轻时的虚荣心尤甚，它就像是荒野上的草，一不留神就会长得很高。不过，青春本来就是虚荣、叛逆而又幼稚的。很多事如果你在青春时没有做过，便不会成为今天的自己。

青春里的荒草

陆晓嘉从教室里出来时，没人注意到她的异样。她的头低着，脚步匆匆。她穿过大槐树把守的小路奔向操场，她的耳边全是纪老师的声音："我把你的卷子一连看了三遍，我怎么也不相信你陆晓嘉得了零分！"

纪老师在"三遍"和"零分"上加了重音。陆晓嘉的耳朵里充斥着这两个词。那卷子就在书包里，像个炸弹，随时可以把陆晓嘉炸得粉身碎骨。

一个人站在空旷的操场上，泪水无拘无束地淌下来，陆晓嘉也不去理它们，它们顺着陆晓嘉的脸颊流下去，是堕落的姿态。

夕阳像只咸蛋黄，把天空染得苍凉幽远。远处一群男生涌过来，先到的是那只足球，足球落到陆晓嘉的脚下，陆晓嘉转过身，长长的影子亲了那足球一下。

有男生大声喊："美女，帮下忙！"陆晓嘉的手正慌乱地擦着脸，一个大男生已经站在了她面前。他说："失败，这点面子都不给！"陆晓嘉没打算看那人一眼，匆匆地往前走，却不想没看清路，撞到栏杆上，男生是伸手的姿势，却没扶住陆晓嘉。陆晓嘉眼窝里的眼泪又出来造反，她索性一屁股坐在栏杆下，任由眼泪泛滥成河。

大男生把球踢回去，喊："我一会儿就来！"

男生们起着哄去不远处踢球了。大男生掏出面巾纸，说："我常看你一个人站在这里！"

陆晓嘉擦眼泪，眼泪却越像赛跑似的，越擦越多。

大男生不说话，坐在她身边，掏出一本书看。好半天，陆晓嘉的眼泪断了流，她说："谢谢你！"

大男生笑了，说："我还想，你再哭，我也哭了！"

"你为什么哭？"陆晓嘉问。

大男生说："传染的呗！"

陆晓嘉笑了，她又说了声谢谢。

真的要谢谢他，他没问她为什么哭，只是陪在她身边，这样的感觉好极了。

晚上，陆晓嘉像小偷一样把门关好，上锁，然后坐在书桌前，掏出那张全部是"×"的数学考卷。那不是一张普通的考卷，是奥数试卷。陆晓嘉看每一道题都觉得很狰狞，面目丑陋，她不知道躲在那些题目后面的答案到底是什么，她心慌，自己真的笨得要死吗？

敲门声响起了，陆晓嘉赶紧藏起那张卷子，妈妈喊："干吗要锁门？"陆晓嘉打开门，说换衣服。妈妈放下牛奶杯，四处看了又看才掩门出去。

陆晓嘉在书桌前坐了整整一个晚上，她没再动那张卷子。

第二天，陆晓嘉磨磨蹭蹭吃了妈妈做的早餐，背着书包出门。那张卷子还在书包里。她没有坐公车，走了两站地，见了垃圾箱，把那张卷子一点点撕碎，撕得看不出它是一道道题，看不出上面写着陆晓嘉的名字，才把它扔进垃圾箱里。

陆晓嘉没有去学校。她在公园的长椅上坐着，看《窗边的小豆豆》，看得眼睛都疼了。小豆豆真的好幸福啊，如果有巴学园那样的学校该多好啊！

陆晓嘉顺着马路走啊走，居然还是走到了学校的门口。她从来都不是个逃学的孩子，看门的大爷说：“迟到很长时间啊！”

陆晓嘉努力笑了笑。偌大的校园只有远处一个班在上体育课，她坐在校园的操场边上，天上的云朵真是又高又悠闲。陆晓嘉决定下辈子要做云朵了。

有人坐在她身边，是那个大男生。他好高啊！陆晓嘉问：“你怎么没去上课？”

大男生把手指放唇边“嘘”了一下，说：“我请你吃冰淇凌怎么样？”

说着，他变魔术似的从背后拿出蜂蜜柚子茶冰淇凌。

陆晓嘉没客气，她咬了第一口冰淇凌问：“人为什么非要学数学呢？”

她咬了第二口说：“我真想去流浪，一个人。想去哪儿去哪儿！”

大男生歪着头，说：“三毛，你一定是三毛转世！”

切，陆晓嘉白了大男生一眼，知道什么呀！

大男生开始讲他自己，学习成绩不好，离家出走，结果差点被人抓进黑砖窑。幸亏他机灵，从那卡车上跳下来……

陆晓嘉盯着大男生的脸看：“编故事骗谁呢？”大男生嘿嘿笑了：“不信拉倒！”

他说：“我现在想明白了。成事在人，谋事在天。学习上的事不必太勉强，尽力就行了！”

陆晓嘉撇撇嘴：“你妈不逼你？”

“当然逼啦，不过我问她是想要儿子还是想要读书机器？如果想要读书机器就认电脑当儿子好了！”

陆晓嘉笑了，笑过后长长地叹了一口气。她说：“我奥数测验吃了零蛋！”

那个秘密像山一样压在陆晓嘉心里。此刻，陆晓嘉居然这样平静地说给了一个男生。他会把她看成笨蛋吧?

大男生果然笑了。可是他说：“我知道那天你为啥哭了，就为这啊？你还真够笨的，我上学那会儿，语文从来就没及格过。拼音都没学明白。后来……”

“后来怎么样了？”

“后来自己会了呀！”

陆晓嘉又“切”了一声。

跟人说一说。真的什么事都不是事了呢！

微风吹来，槐树发出“哗啦哗啦”的响声。

下课了，教学楼张开大嘴，把学生都吐到操场上，陆晓嘉跟大男生很快地转移了。

上课铃再响时，陆晓嘉坐在教室里，她跟老师撒谎说去医院看奶奶了。其实，陆晓嘉的奶奶一年前就过世了。

就是从那时起，陆晓嘉喜欢一个人在操场上站着的。那时，思念像水一样涌来，奶奶会笑着劝她别那么要强，尽力就行了。陆晓嘉知道这世界上只有奶奶是最懂她的。

陆晓嘉没有告诉妈妈那次她离家出走过，不过只是短短的念头。她也没有再强迫自己去抠奥数题。再考奥数时，她对着那张卷子，也没那么恐惧慌张，居然做对了几道题。纪老师看陆晓嘉的目光又和蔼起来。

陆晓嘉还是喜欢一个人在操场上站一站。只是，大男生不再出现了。

某一天，陆晓嘉拦住踢足球的一个男生问见没见过一个大男生，个子很高，笑时腮边有酒窝的。

那男生说："哦，纪老师的儿子秦末呀，他实习结束了，回清华了！"

陆晓嘉想起纪老师说过她儿子的。离家出走过，后来考上清华数学系。

陆晓嘉抬头看远处的天空，她想起他们最后一次见面时，大男生说："你的人生是你自己的，没人能替你把握，除了你自己！"

每个人的青春里都长过荒草，别因为那些荒草就否定人生的意义。咬咬牙，挺过去，好风景就在前面了。

陆晓嘉一个人站在操场上，但她心里已经不那么孤单了。

文/金贝儿

每个人的青春都无可例外地长过荒草，所以，不要为那些荒草，而忘却青春本是一片花海。如果没有失败与挫折，不曾痛苦和彷徨，我们怎么会品尝到成功的自豪与胜利的喜悦，怎么会甩掉幼稚和浅薄的足迹？经历了青春的酸甜苦辣，我们才能成长为一个真正意义上的人。放眼前方，一个收获的季节正朝我们走来……

我的青春一条街

老班说："小可，你简直无药可救。"我说："小可，你根本就不值得去救。"

我是小可。

星期一的语文课，老班不经意间看见了新刷的墙壁上有一对赫然的大脚印，在他咆哮的那一刻，他扭头大叫："小可，你给我站起来！"我起身然后站定，嗫嚅道："李老师，这不是我干的。""你不要抵赖，给我滚出去，滚出去！"

教室里一阵沉静，看着全班置若罔闻的同学们，我再次背起书包，离开这个令我爱恨交加的教室。

这件事的确不是我干的，这是全班同学共知的事实。体委和邻班的一个男生打赌，体委一个鲤鱼打挺就在这洁白的墙面上盖了这对脚印。然而，我却没有辩白的机会，甚至得不到任何一位同学的澄清，只能两眼含泪，默默走开。

我是个差生、混蛋、痞子、孬种、孽子……所有恶毒的词语用在我身上都不为过。我曾在心里把这些词语和自己的言行一一印证，最后得出结论：我是个早该离世的人。

虽然我只有十七岁，但经历只可以用"罄竹难书"四个字来形容。

初二那年的秋季，我因偷卖掉了附近一家木器厂的刨机进了看守所。半个月之后，当我从看守所出来回家时，一切都变了，母亲在我去看守所的那一天心肌梗塞突发住进医院，第二天就离开了人世。

没有语言能形容我当时的痛苦和震惊，我跑到母亲的坟头大哭一场，向母亲跪诉了我的叛逆和恶行，并向她发誓，一定洗心革面，重新做人。

时隔不久，父亲背弃了当初母亲过世时的诺言。一个冬天的早晨，当我从被窝里爬起来时，父亲将一个女人带到我的床前要我叫妈。我心中一阵酸楚，眼前一片模糊，面前那肥胖的女人形如一只从池塘爬上田埂的大肚青蛙，我难忍心中的愤怒，泪水滂沱中朝着父亲的肚腩狠命踢去："去死吧你！"父亲被我猝不及防的一击打倒在地，他随即翻身而起："你这个孽种！"他叫嚣着冲过来，我俩陷入了一场混战。

我离开了家，永远地离开了家。走出家门的时候，回望一眼家门，那扇已破旧的门板上有我小时候刻上的爷爷、奶奶、妈妈和我的画像，如今三人已逝，我也离开了这不再属于我的家，心中顿时充满了绝望和愤懑。

深夜的时候，我躺在旅馆的小床上任皎洁的月光照到我的脸上，这时我会想起母亲，想起我在母亲坟前的承诺，我食言了。我再一次成为了一个无恶不作的恶徒。我知道我完了！也许会在将来不知道的哪一天里结束自己或者被别人结束。每当想到这里，我总能感觉到自己的脸颊泪水蜿蜒。

不久，消息还是被乡下的舅舅知道了。他赶到城里，千辛万苦找到我住的小旅馆，一个风雨交加的晚上，他闯进了我住的小屋，见到满脸倦容的我，悲恨交加。

舅舅再次将我带到校长面前，要我给校长写保证书，保证今后绝不犯错，遵守学校校规。我知道这样的东西对于我绝不能说明什么，但还是想让学校再给我一次机会。

坐到课堂里的那一刻，我知道我又一次踏上了正道，也深深知道人生不能被太过糟践。

我的班主任还是李老师，他对我的过去了如指掌，班内的同学对我的劣迹更是耳熟能详。所以在班里，发生在我文章开头写的那种情景是稀松平常的，但我不会太在意。我开始了全力以赴的学习，每个深夜我那间小屋的灯在那幢居民楼里最晚熄灭，每个早晨它又会最先亮起。我惜时如金，决心要用这些宝贵的时间来弥补我糟践的光阴。

令我意外的是：校长安排当年新分来的小巩老师做我的补习老师。

很快，我的学习成绩好了起来，小巩老师直夸我聪明，而当我给他讲起我的过去，他总是惊讶不已，觉得那绝不是我的作为和形象。

几个月后，中考到了，我对自己不太有信心。然而中考结束不久，令我欣喜若狂的是：小巩老师跑到我的小屋告诉我，我以超过分数线七分考入了本校高中部——那一夜我整宿无眠。

上了高中，成绩节节攀升，在学校的形象也在一点点改变，校长曾几次在学校大会上点名表扬我。我渐渐觉得，他们对于我青春的叛逆和离经叛道，甚至犯错，都有着太多的包容和宽宏大量。当然，这都是我改过自新之后。

高一的一天，派出所的所长碰到我，哈哈大笑着对我说："小子，听说上高中了，不错嘛，等你考上大学，叔叔把那个大玩具送给你！"他指着对面的玩具店。

我一点点改变，学习成绩好了，同学和老师的态度也变得越来越好，生活多彩起来。高二上学期期中考试，我竟然考了全班第三名，在回去的路上，我惊喜地发现自己竟然哼起了歌来。两年来，我好像从来没有这样过。

舅舅来了，在谈完我的生活和学习后，我幽幽地问起父亲的情况。

舅舅沉默良久，最后终于告诉我，父亲和继母有了一个女儿，已经一岁了。其实父亲很关心我，一直惦记着我，他对自己的再婚深感歉疚，对我的负气出走充满自责。但他不想要我回家，不想让我因见到继母而受到伤害或者感到不快。他找到舅舅，让他一定找到我。同时给了舅舅一笔钱，并请求校长再次收下我。父亲还给了校长一些钱，请他帮我找一位补习老师，于是便有了小巩老师对我的辅导。

听了舅舅的话，我被父亲的举动深深地感动了。舅舅说：“该回去看看你父亲了，他为了你，已经添了好多白发。”

我欲哭无泪，心如刀绞……

夜深了，舅舅睡着了，想着过去与父亲和母亲在一起的一幕幕往事，我辗转难眠。

月光照在我的脸上，皎洁而温暖。我想摇醒舅舅，告诉他，我不去看父亲——现在不去，我要拿着鲜红的大学录取通知书回去看父亲，然后和父亲一起给母亲报喜。

文/赵沛亚

人的一生中，似乎到了某一个时间点就会突然懂事，突然知道自己到底想要什么，并为此而努力。作者以前的所作所为令人“不堪回首”，他是别人眼中的差生、混蛋、痞子、孬种、孽子，经历了家庭剧变，自暴自弃，所幸亲人没有放弃他，他也没有放弃自己，在一系列的事件后，他开始反思自己的人生，这才发现自己差点走上了不归路。度过了这段迷茫期，他开始发奋读书，为自己的明天而努力。同时，他也放下了对父亲的心结，体会到了父亲的苦心。虽然已经错过太多，但是，一切都还不算晚。

我们无处安放的青春

在《我们无处安放的青春》剧中，佟大为饰演的李然和几个人物之间的命运经历和感情波折，成为该剧最大的看点。在剧里的独白中，我们发现过往与现在，熟悉与陌生似乎在一刹之间。沉重的青春，如同曾经在最美的时节飘落的樱花，辗转踯躅，依旧无处安放，无处皈依。

1.在量子力学的世界里只有变数没有常数。打个比方，我跟你坐在这里，从量子力学的角度看，由于变数太多，概率接近于零，是完全偶然的。因而可以说我们的相识是一个奇迹，所以我们应该特别珍惜。

2.哪来那么多的坏人，只不过是伤害了别人自己不知道罢了。

3.那是在错误的时间与地点，与错误的人发生了错误的故事。那时的我多么的幼稚，以为得到了一个拥抱就拥有了一切，都不曾想过会有这样严重的后果与伤害。她就这样无声无息地走了，独自承担了所有，留下的是我无尽的悔恨。

4.我也渴望有一双甜美的眼睛，一位命里注定属于我的女人，一段华丽乐章和色彩，把我从不现实的、灰色的世界里拉回来。但是我知道，我渴望的、等待的这股力量还没有到来，如约而至的会是多年老友的脚步声，一阵敲门声。

5.我们在年轻的时候，总会错过很多事，做过很傻的事，也许是自己不堪的诺言，抑或是不够决绝……有时候决绝地伤害一个人，也许是对你们以后生活最大的救赎……我们总以为自己的肩膀可以承受很多很多，却不知坚强的外表背后有一颗多么稚嫩的心……

6.向伤害过我们和我们伤害过的人说声抱歉，也许这就是我们在成长中必须的经历，有了这些伤痕和血痂我们才会变得坚强……

7.也许时间是最好的清洗剂，会把一切都冲淡，让我们把一切都遗忘、放弃，它们都会在时间中如这烟一样，消失在空气里。在此之前，我能做的就是等待，等待那一刻的到来。

8.我听不见自己的心跳，感觉不到自己的呼吸，只觉得自己漂浮在半空中，这世界里只有这注视着我的那一双眼睛。我知道，我等待的色彩，我期待的唯一，终于到来。

9.人离开这个世界之后，会以怎样的方式，存在于怎样的世界中，我当然也愿意相信那些关于灵魂的说法是真的存在。至少这样，我就可以依然在你身边，守着我可爱的女儿。

10.无论是在学校还是在将来的工作单位，生活上人情冷暖、世态炎凉，这都是最正常不过的，并非只是你一个人的遭遇。你不要想不开，要坚强，要学会面对、应对，要相信自己，只要人在一切都在。

11.我以前也不是没有离开过你，但你始终没有离开过我。现在我看着窗外，才知道是谁为我挡住了那黑夜。

12.有许多诺言，许下的时候谁也没有想到我们最终会无法实现它…….

文/三石

也许时代不同，也许年龄不同，每个人的青春轨迹向着不同的方向渐行渐远，但这并不影响我们或多或少地从有些人、有些事上看到些似曾相识的影子，谁没有过选择，谁没有过错误，谁没有过神怡的青春，谁说故事一定就有结局？多少年后，写完了青春还有其他的人生。

致你终将逝去的二十岁

你学习一般，考上了现在的这个学校，成绩不算好，拿不到奖学金，上课不听讲，上自习不规律，考试靠突击，同学帮一把的话也能每科考到七八十分，但是距离优秀总有很大距离。

你家境一般，父母都是普通员工，你在这个城市的生活费是每月一千二，没事下下馆子，一个月添一件衣服，想买台相机要等几个月，咬咬牙才能买双自己喜欢的鞋。

你几乎没有特长，不会弹吉他，不会弹钢琴，不会跳舞，不会画画，想学摄影却不会使用图片处理软件，想上台演出却没信心，学校晚会比赛的时候，你经常是站在台下围观的人群里的一员，你与聚光灯环绕的舞台几乎绝缘。

你长相一般，不算英俊或者不算美丽，身材不算臃肿但是也没什么肌肉或者没什么曲线，平时只是稍稍打扮一下，看上去并不出众，只能算整洁，与人擦肩而过时对方不会多留意你一眼。

你的感情也是一般，有时候会遇见自己心仪的那个人，但是总抓不住机会，眨眼间那个人就被其他人俘获，你就开始伤心、抱怨，但是几天之后又开始寻找新的心上人，就这么看着一个个心上人走过，直到你毕业，与其中任何一个都没有发展。

总之，你没有什么特别的地方，就和周围的千万个普通人一样。

你不甘心拿不到奖学金，看见别人得奖学金的时候你会说那完全是突击的结果，于是你开始上自习，不过你只坚持了一个星期。

你不甘心自己的父辈平平，于是你批判讽刺自己周围的官二代、富二代，立志要努力学习争取成功，也好让自己的孩子成为富二代。你的热情持续了一个星期。

你不甘心自己什么特长都没有，于是你开始学弹吉他、买轮滑鞋、借来摄影方面的书籍，你对着镜子微笑着说："你是最棒的。"这份虚假的信心维持了一个星期。

你不甘心自己外貌平平，没身材，没长相，你开始启动健身计划，计划中有长跑、体操、瑜伽、举哑铃。你的计划只执行了一个星期。

你不甘心自己没有伴侣，你决心洗心革面重新做人，你删掉电脑里的偶像剧、肥皂剧，你收拾起床上的懒人桌，把零食袋子统统扔掉，然后洗了个澡并且修饰了一下自己，你往头发上喷了啫喱水，好让自己看起来很精神，你怀揣着一本成功学的书决定出去走走，开始新的生活。这样的状态，你稀稀拉拉地坚持了一个星期。

一个星期之后，你还是和周围千万个人一样，你还是和一星期前的自己一样。

你逛网络论坛，看到了这样一句话："二十岁是人生最美好的时光，不应该局限在学校里、教室里，应该享受生活。"于是你相信了。

你又看到这样一句话："这样的年纪本应是率性的，而我身边的太多人在考虑诸如家庭类型、毕业发展方向、是否异地、价值观等问题。这导致本来深深互相喜欢的两个人错失了一段美好的时光，他们所谓爱情的忧伤不过都是自己在矫揉造作。"于是你也相信了。

于是你觉得，二十岁的你就应该"享受生活"、"随心所欲"，享受“人生中最后的自由时光”；于是你觉得，二十岁的你就应该“快乐地去恋爱”，“享受和爱人在一起的一分一秒”；于是你觉得，二十岁的你就应该“风华正茂”、“挥斥方遒”、“指点江山”、“激扬文字”……

现在的你，用着父母的血汗钱，用着名牌包，穿着名牌跑鞋，骑着捷安特山地车，用着佳能牌的相机和苹果牌的手机，还经常去星巴克喝喝咖啡体验一下小资情调，偶尔也去酒吧茶楼去看你所谓的“众生百态”以便积累你所谓的“生活经验”……

那么，请允许我猜测一下你的未来——

在大四将要结束时，你考研落榜。你风风火火地参加校园招聘会，很多公司你都看不上，嫌他们不是体制内单位、平台窄、规模小，直到毕业，你还没有找到心仪的工作。你收拾好行李回到老家，父母让你试着参加各种招聘考试或者参加当地的招聘会，你不去，因为你觉得那些工作太简单了，不适合你，你应该去寻找更好的就业机会。可是，当你去那些你看得上的公司应聘时，你的竞争对手太多了，而且都不差，你表现平平，理所当然地被拒之门外。

求职的日子，你每天都是这样彷徨着，你高不成低不就，本身没有过人的能力，却始终不甘心，久而久之，你变成了啃老族，每天在家里深居简出，偶尔推窗望月长吁短叹，向着幻想中那个美好的工作遥遥致意。

现在的你，还在上大学，也许和恋人恩恩爱爱，每天黏在一起，午饭、晚饭一起吃，晚自习后还会一起在操场散步。你们讨论起未来，最后的结论总是：不要想得太多，认真过好现在就好。不幸运的话，几个月后，你们就分手了，你凄凄惨惨戚戚，反复问自己究竟哪里做错了；幸运的话，你们会一直恋爱到毕业，最终，你觉得自己不够优秀没能力去对方所在的城市读研或者工作，所以你们带着不舍和悔恨分手了。现实很残酷，至此，你信了。

现在的你，喜欢逛网络论坛，喜欢写博客，喜欢看微博，你会全力支持那些你赞同的观点，你会极力否定那些你反对的观点。你爱憎分明，看起来很有正义感。你觉得血气方刚的年轻人就应该敢于说出自己的心声。你可能从来不会去想一个问题：你的观点，来自哪里？其实，它们绝大部分来自网络，它们已经蚕食了你的判断力。

现在，我只想问你一个问题：二十岁的你，有什么资本？

你想要好的成绩，但是你不去学习；

你想要富裕的生活，但是你不去奋斗；

你想要健康的身体，但是你不去锻炼；

你想要称心如意的生活，但是你从来没有真正地改变自己。

你知道未来的意义吗？

你承认现在的每一天都是未来必不可少的一部分吗？

你认认真真地考虑过自己想要一个怎样的未来吗？

你仔仔细细地考虑过怎样才能缔造那样一个未来吗？

你在犹豫，你在抱怨，你在彷徨，你在悲叹社会的不公，但是你有什么权利、有什么资本要求你所在的环境和所处的世界为了你去改变？

现在的你，只是千千万万人中微不足道的一个人，少了你，地球还是一样会转。

二十岁的你，再不玩就永远没机会了，这是你相信的。我敢打赌，一定很久没人和你说过“吃得苦中苦，方为人上人”这句话了吧？

你知道“责任”两个字是怎么写的吗？

当你谈论飞翔的时候，你是不是忘记了地心引力的存在？

现在的你，如果还是放纵着自己的懒惰与幼稚，虚度着光阴，那么，你就虚度去吧。反正我已经过了二十岁的年纪，我还有未来，我得直奔向前了，不陪你了。

再见。

文/华文

莎士比亚说过：“抛弃时间的人，时间也会抛弃他。”别总想着来日方长，世上最愚不可及的事，莫过于胸有大志，却虚掷光阴。当你不顾时间从身边飞速跑过时，你错过的不仅仅是时间，你还错过了机遇，错过了成功，减少了自己的生命！没有人能够让时间倒流，你只能去把握，去抓紧，去珍惜，给自己一个充实的人生。一切有志气、有成就的人，决不沉湎于昨天，更不空空地观望明天，他们永远从今天开始。

十　年

小镇依旧是小镇，街两旁的店铺无精打采地张着门，凸凹不平的马路上卡车颠簸出刺耳的“哗啦”声，带起一阵的尘土，破塑料袋和废纸片趁机兴奋地往半空里乱蹿，稀稀拉拉的行人在七月燥热的阳光下行色匆匆。一切都还是十年前的样子，仿佛什么也没有改变，甚至在街角的阳伞下下象棋的好像仍是十年前的那几个老人。我站在马路边，感到一阵恍惚。

仿佛机缘凑巧，一个四五岁的小女孩从我面前跑过，跑进了我面对着的那家商店，让我正忐忑的心一阵悸颤：她太像她了。摊牌前的慌乱和担心向我袭来，但我随即镇定下来，对自己说：“唯一的结局是早就安排好的，只等着你去面对。”

十年前，我十七岁，在外地上中学。小镇是学校和家的中转地。我每次往来学校，都要在这里做短暂的停留。那个七月的午后，她出现了。她的出现使那个闷热的夏日成为我少年记忆里最明媚亮丽的一天。当我口干舌燥地闯进一家商店说买瓶汽水的时候，突然被镇住了。售货姑娘像一道雪亮的闪电向我迎面劈来，将我打愣神了——她实在太美了！我觉得世界一下子从眼前消失了，仅留下她靓丽的身姿，静静地立在那里。直到她第三遍说“给你汽水呀”，我才转过神来。觉出了姑娘眼里的惊奇与疑问，我慌乱地逃了出来。但在大街上失神地转了几圈后，我又借故进了那家商店，为的是多看她几眼，将她的容貌牢牢记在心底。

十七岁，正是一个梦幻的年龄，一个只见碧草芳华不见风霜雨雪的年龄。在离去的途中，眼前总是浮现着她秀挺的身姿，白净秀气的面庞，她因吃惊而微微睁大的好看的眼睛，她用手绢束成的马尾轻轻地晃动……在广阔时空的这个坐标点上，我正巧遇见了她，并被她的美倾倒得一塌糊涂，这就是缘分使然。我想，将来我们一定还会重逢的，一定！我为那个乌托邦式的重逢做着最美好的设想。“我的维纳斯”，我一遍遍地在心中低唤……

走进商店，果然是她，马尾已剪成了短发，她变得丰满了许多，少妇的风韵取代了少女的靓丽，但仍是那样的美艳动人。怀里抱着刚才的那个小女孩，一眼便可看出那是亲昵依偎的母女俩。那一瞬，我突然有一种解脱后的轻松，一切都释然了，长舒一口气后走上前去，涩涩地说买瓶汽水——依旧是汽水，她热情地接待了我——是职业的热情。但我略带幽怨的注视仍引起了她的注意。我当然不可能向她诉说什么，她也永远不会知道我就是十年前在她面前仓皇逃离，并把她的音容带到遥远的异乡和无数个甜蜜而忧伤的梦里的那个少年。在她眼里我不过是一个惯常的顾客，一个形迹可疑的路人而已。我苍凉转身，在她的目光中坦然离去。

十年，改变了什么？在这个荒凉的小镇，仿佛什么也没有改变，又仿佛什么都改变了。十年，就是把一个少女变成一个小女孩的妈妈的过程？就是让一个纯情少年手中放飞的五彩气球破碎成一捧缤纷落英的过程？这真是一个梦幻。人的一生中，这样的梦幻太多了。它或许本身就是一个“美丽的错误”，是愚蠢和幼稚，执迷而短暂，但往往是一段纯真情感的真实写照。人的生命就是由梦幻组成的，它引领着一个人不断地去召唤，去追寻。生命因它而丰富多彩，生活因它而有了重量。而当那特定的时刻来临，便会由时间来宣告它的终结。我想起昌耀的一句诗：时间，你主宰一切！

登程离去的途中，我最后回望一眼小店，店名是“梅梅商店”。梅梅，多好的名字，朴素、温馨、亲切。它会被一个幸福的男人喃喃呼唤。

我终于了却了一桩心事。

我离去，和一个梦幻的十年告别。

文/王更登加

十年，在我们的不知不觉中悄然流过。那些美丽的往事，“当时只道是寻常”，曾几何时，却成为了遥远的回忆，那些爱我们和我们爱的人如今有多少已不知身在何方？故地重游，但见物是人非，何尝不是睹物思人。作者重回小镇，缅怀自己的青春年华，也是为了和过去一段纯真的情感说再见，了却自己的一桩心事。十年的光阴，对这个小镇，好像改变了很多东西，又好像什么也没有改变。时光犹如一条巨大的河，将我们和过去的自己深深地隔开，终于不能再回去。

那些迷人的往事——忆我们的高三岁月

我们应该珍惜在一起的每一天，善待身边的每一个人，甚至每一份熹微的晨光，每一个熔金的落日，因为，每一个细节都将是我们回忆的线索。

——**题记**

二〇一三年春天，距离母校二百多公里，一个周末的凌晨。

寝室室友此起彼伏的鼾声与含糊不清的梦呓少有地吵醒了我，其实我也知道自己并未睡熟，因为我需要完成一次往事的记录。

几天前在和昶兄电话聊天中，我突然想到，应该借高中应届班毕业三周年这一特殊的时刻，写一篇回忆高三岁月的作品。在向昶兄表达我的写作意愿后，他不仅在口头上予以大力支持，还提醒我应该向更多的同学征集意见和素材。几天下来，四处收集的材料竟然写满了大半本稿签纸，回忆的拼图也渐渐地完整了起来……

二〇一〇年春天，母校，二〇一〇级五班，一个普通的学习日。

这一年春姑娘似乎有爽约的迹象，尽管已是三月，在这个我们往年已经脱下厚厚外套的时节，却仍能感受到空气中弥漫着的一丝寒意，这对于当时“侣试卷而友习题”的“高三党”而言却不失为一个福音：

或许六月会有一个凉爽的“考试季”！由于气温偏低的缘故，树梢上还布满了形似纺锤的浅绿色花骨朵，仿佛要和我们一道，编织出万物复苏的美丽春天。我们不再抱怨学校教学楼的灰色墙壁缺乏朝气，不再关心老师何时能归还收走的小说或手机，亦不再像刚进校时那样好高骛远，就像班主任大罗老师所言：高三，尤其是下期，是能把人活活累变形的几个月。

每天早上的教室，“播放”着相同的“场景”：当我还没有迈进近乎用书砌成的教室，便可听见阳台传来的朗朗书声，不用说又是云姐在温习英语；进入教室后，第一眼必定会看到和我隔讲台对坐的昶兄正面色凝重地在书堆中做着他最擅长的英语习题，课桌一角则放着他那标志性的白色大茶杯；坐在教室后排的政哥此刻也在努力做题，但写在他脸上的“愁”字明显地流露出“心有余而力不足”的无奈；也有如大哥云在撞上“难题墙”时发出“我不读了”的“哀号”的“反面事例”。如今，每每回想起那些年我们一起上的早自习，无疑是温暖着心底的最美时光。

如果将班级比喻成一支球队，那么比球员承担更大压力的莫过于教练组——我们的各科老师，而教练组中承担最大压力的莫过于主教练——班主任。具体到我们五班，主教练自然是大罗老师——一位有着不小来头的新科班主任，一位值得我们永生铭记的恩师。

描述我们的“欧阳锋”大侠不必太费笔墨，因为他保证会令你印象深刻。初次见面，你恐怕很难把眼前的这位中等身材，浑身布满黝黑的腱子肉，留着干练的锅盖头的大叔同“语文高级老师”、“状元培养专业户”这类词汇联系起来。在每天嘈杂的早读期间，大罗老师总会在教室的前后门一带巡视，以防我们消极怠工，必须承认，我们五班的“革命自觉性”不如隔壁远哥老师的四班，这对于后来在“高四”时成为其弟子的我深以为然。

除了教书育人，大罗老师还有颇多兴趣爱好，论骑车旅行，他最近刚把自己和爱车在布达拉宫广场的合影兴致勃勃地“晒”到群里，让我等惟有膜拜的份；论音乐功底，他是一位标准的“创作型吉他歌手”；论羽毛球技术，可称得上准专业级别，每天傍晚必和昶兄、林哥大战三百回合。

开胃菜般的早读过后又是连轴转的课程，高三下期的课与其说是“教学”，不如用“少年们的试卷漂流”形容来得恰当，那一年春天的彩色记忆里，试卷的白色占据了半壁江山，答题的黑色和修改的红色则瓜分了剩余部分。老话说的好，文科生最苦恼的或许不是语数外，而是文综，我们班的文综三人组——地理老师阿杜、政治老师涛哥和历史老师吴姐同样各具风范。

根据“照应前文”组合的回忆，阿杜老师每每会在讲课至动情之处时，下意识甩动一下额前垂下的头发，但我想更多人会对他颇具特色的眉山话“味道大得很”和如巡航导弹般精准的“粉笔头投掷术”记忆犹新；说到涛哥老师，昶兄和林哥的记忆里必定会有与涛哥的那次“打赌”经历——昶兄和林哥若能同时答对某次考试的所有政治选择题，涛哥则以跑操场作为“奖励”，结果涛哥却“失信于人”，而我们记忆中更多的是他风趣而精彩的讲解，以及在四十度高温下，靠脖子上披着湿毛巾降温坚持给我们上课，以至于被他担任班主任的三班骂做偏心的胖叔叔；当然，还有偏爱黑色幽默的吴姐，五班的同仁几乎无人能幸免于她的“调侃”，纵然你成绩拔尖，她寥寥几句亦足以让你尴尬不已，这种“手段”即使到了“高四”也同样施行。尽管风格迥异，但三位老师都绝对是尽心尽责，或许是太过这样，班里的某些同学有时会半开玩笑地故意找一些偏题、怪题向他们“请教”，但鲜有得逞者。

那一段时间，连我们的日常生活也和高考脱不了关系。比如透过教室窗户，通过观测每日太阳升落的位置变化，亲身体会地球公转的影响；即便“更衣”之时也会效仿巴神思考一下抛物线的“人生”；晚上就寝前或“吟诗”一首，或“读试卷”一刻。难怪高考后大多数人都会大睡三天三夜，只因为先前透支了太多精力。

高三是没有“周末”这种说法的，因而每天下午的教室清洁居然成了难得的放松时刻。“清洁司令”自然是我们的班长兵哥，可他前些天打篮球受伤不幸骨折住院，这使得我们在和回收塑料瓶大叔的“争斗”中吃亏不少——他总会趁我们不注意时多拿几个瓶子，而兵哥总能及时发现并予以制止。锱铢必较，这是兵哥一贯的风格，想必到了大学也是这样。

关于读书的真谛，那年十八岁的我还处于混沌状态，而早先醒悟的人则能占据制高点，这在高三下期表现得尤为明显。我们这样的差生深切地体会到“有心杀敌，无力回天”的痛苦，如同一口满是蜂眼的铁锅，怎么补也补不完。现今才总算明白，自己没把“要我学”变成“我要学”，老想着怎么偷懒，怎么去玩，怎么投机取巧，在黄金岁月行蠢笨之事，以至于今天二十一岁的我还得要努力偿还五年前的“债务”！

因为自惭形秽，我不敢直视心动对象的美丽双眸，不敢向她表露心意，甚至不敢同她并肩而行，故晚自习偶尔“开小差”的偷望也是小小的快慰。放下盛满回忆的酒杯，十八岁的高三时光早已逝去，五班的兄弟姐妹们散落在星球的各个角落。人民公安林哥现在也许正在追捕逃犯，准大律师云姐也许正在分析案件，英语老师钱文也许正在为明天的课程整理着教案，而中文系大二的我正在试图收集回忆的线索——

多么令人常常追忆、感慨的，那些迷人的高三岁月！

文/王鉴

回忆高三，记忆里刻满了伤痕，为人生不懈奋斗的我们，向青春诉说我们的高三往事。高三的时光风干了我们布满字迹的试卷，却风不干我们的记忆。记忆里有同甘共苦的朋友，有朝夕相处的室友，有尽职尽责的老师，也有“黑影压人人欲摧”的书山，还有刷刷递减的倒计时，这一切的一切滴着我们的汗水。高三的生活虽然很苦，但是当你熬过去了，再回想的时候，你会情不自禁地竖起大拇指佩服自己一番。原来那段日子真的好充实。有明天，今天永远是起跑线。但我们还是会回忆高三，会有流泪的冲动，逝去的高三岁月，将永远是我们心中最美好的回忆！

第四辑　有一种友谊和我们共青春

在生命中最天真烂漫的日子里，有人陪我们一起疯疯癫癫；在生命中最彷徨无助的日子里，有人向我们伸出一双援助的手；在生命中最低沉的日子里，有人为我们驱走心灵中的阴霾。这个人就是朋友，温暖了我们生命中的每一个春夏秋冬。

十七岁枝丫上的一枚柿子

高中的时候，我住的是男女生混合的公寓，楼上两层是女生宿舍。那时学校每天都要组织学生晨跑，女生们经常起床很早，而我们这些男孩子总是在女生下楼的欢声笑语中爬起床。可是，我发现有一个女生总是走得很迟，跟我们这一群邋遢的男生一起下楼，还一副睡眼惺忪的样子。

她的头发刚好到肩，剪得像一个大蘑菇一般，那是我认为最土的发型。其实我对她并无好感，却有一种研究她的兴趣。她的双肩包上挂着一个很滑稽的猴子，那只猴子随着主人的匆匆脚步晃啊晃，经常晃到了我的梦里。

有一天在传达室取信的时候，我看到了那只猴子灰头土脸地躺在桌子上，仿佛是一个被遗弃的小孩。我拽起那只猴子的尾巴，心想替那个女孩认领了，明早还给她？我刚跟传达室的大叔说完，“蘑菇”就出现了，她气势汹汹地说：“你干吗要拽着它的尾巴？还我！”

“你们不认识啊？”大叔一脸狐疑地问。我站在那里尴尬万分，恨不能找个地缝钻进去。

这就是我们的相识。自从认识“蘑菇”以后，我就像是在拍电视剧，“蘑菇”自导自演，编写着对她来说是剧情，对我来说是圈套的剧本。

“蘑菇”最大的特点是不着边际，你永远猜不到她下一副牌怎么出。这对我一个习惯按顺序出牌的理科生来说真是痛苦万分。

在“蘑菇”的生日派对上，她当着很多朋友的面对我说：“说你爱我。”我霎时间觉得日月无辉天地无光，我说你还能再荒唐些吗？“蘑菇”说：“你说吧，要深情款款的样子。”

别人的欺骗都出于一定目的的，而她，完全是无意识地这么混淆视听，这点比较可气。“蘑菇”和我，并不喜欢彼此，这是一个不争的事实。“蘑菇”这么做，也许仅仅是出于好玩而已。从这以后，我和“蘑菇”的“事迹”在年级被很多同学传诵。局势失控，我已经无力为自己平反，而“蘑菇”却诡秘又得意地朝我眨着眼睛。

校园的柿子树下是我和“蘑菇”常去的地方，上完第二节晚自习，我们总会背靠着树坐在那里，在一起的主题是吵架和闲聊。“蘑菇”指着枝头的柿子说：“好奇怪啊，一枚风干了的柿子，都几年了，怎么还不掉下来呢。”我刚要发表一点评论，她的思维已经跳入了另一个区间。她一本正经地问我：“我的发型好看么？”我说：“好看好看，很古典，土得很有韵味。”实际上“蘑菇”并不在意我说什么，她自顾自地说：“就是发质不好，看，都分叉了，我得保养保养。”第二天，“蘑菇”的头上飘着一股生鸡蛋的味道，她骄傲地跟我说：“我昨天打了一个鸡蛋在头发上，很滋补的。”我说：“你至少冲洗干净吧。你知道吗？我和你走在一起，总是想起炒鸡蛋。”“蘑菇”冲我耸耸肩，却没有丝毫难为情的神色。

“蘑菇”是一个极具想象力的天才，只是学习成绩不好，我现在还常常回想起某日清晨的一幅画面：“蘑菇”从我身边快速闪过，左手抓着狗啃过一般的面包，右手提着书包。我知道她提前到学校是为了把作业抄完。

有一个学期，“蘑菇”的数学考试没有及格，下星期就得补考，“蘑菇”央求我给她补习的时候距补考仅有两天。我不得不到自习室通宵给她补习。补课的时候“蘑菇”倒是挺兴奋，凌晨两点的时候还朝我傻乐，给我讲她看的电影，如何如何沉醉于某明星。这让我一度产生了一种错觉：要补考的人是不是我呀？

第二天我们互相搀扶着走在路上，像两个游魂野鬼。回宿舍死睡了一下午。后来“蘑菇”发短信说：“你醒了没啊，邀请你出来吃晚饭了。”那是我和“蘑菇”第一次一起吃饭，我清楚地记得“蘑菇”吃的是汉堡，喝的是豆腐脑。

在别人的眼里，我和“蘑菇”俨然是一对美好的情侣。我从坚决抵抗，到一脸无辜，最终只能是放任别人的说法了，我们的关系就这样一直暧昧到高三毕业。

“蘑菇”理所当然地落榜了，而我，考上了大学。大一的暑假，我给“蘑菇”发了短信：菲奥娜公主，史瑞克在柿子树下等你。

飞奔而来的“蘑菇”已经不是蘑菇了，头发长及腰间。我无比惋惜并且头一次对“蘑菇”吐露了真心话：“还是你以前的发型好看。”“蘑菇”白了我一眼，轻轻地说：“一年没见你能不能说句好听的啊！”

然后我说大学里怎样怎样，“蘑菇”说技校里怎样怎样……我们极其融洽却又驴唇不对马嘴地谈了一个上午。然后我就明白，“蘑菇”只能成为我记忆中的女孩了。

后来我有了女朋友，她常常问起我的初恋是怎样的，我一直无法给她一个完美的解释。我不知自己是否曾经喜欢过“蘑菇”，那个大大咧咧的女孩到底算不算我的初恋。我甚至也这样问过“蘑菇”，“蘑菇”

说她对此不曾研究过，也许我们仅仅是普通朋友的关系吧。

我已经很久没有见“蘑菇”了，但我时常会想念她，或许仅仅是想念十七岁。

“蘑菇”是那么奇怪，却又像珍宝一般的女孩。她就像是校园里的那枚柿子，耀眼地挂在我十七岁的枝头，永不凋落。

文/优咨

一生中，我们总会遇到几个很特别的人。偶尔你会默默地想念他，默默地祝福他。当你想起他时，心里总是暖暖的。你和他之间的情感，是那种超乎于一般的友情之上，但又不能简单地归类为爱情的情感，只是介于友情与爱情之间。你只是在心底深处为这个人留了一个小小的空间，静静地固守着那份美好的回忆。

十八岁，有些事情我不懂

理丝入残机

高二那年的一个周六，传达室葛大爷说外面有人找我。我出去一看，是张姐。她是我在青年工人读书小组认识的，读书小组解散后，再没见过。张姐说："这一段特别没意思，想找你聊聊。明天星期天，我八点在儿童公园门口等你，你爱来不来。"

第二天，我带着一个单词本去了。张姐说；"你背单词，我怎么跟你说话？这样吧，我考你。你如果把这个本子上的单词都背下来，就陪我说话。"我说:"行。"一个小时的工夫，我就背下来了。张姐说："这样背单词绝对快，以后每个星期天我都陪你背单词吧。"我也觉得这种方式颇有效率，顿时产生一种剥削人的思想。

看着张姐的背影，我心想，要是有这么个姐姐，倒挺好。我是长子，无哥无姐，从小受尽大孩子们的欺凌，长大后，感觉难以与父母沟通。意识到这一点的同时，心中又隐隐萌生一丝抗拒，因为我一向以为自己坚强刚毅，希望有一个姐姐，仿佛是心中有一块什么东西融化了，在那种融化的液体中，看到了自己的柔弱。

此后，有五六个星期天，我没有要紧的事，便去"剥削"张姐。

次数多了，我有点于心不忍。我说："高考复习紧张，以后通信联系吧。"张姐说："好吧，下次是最后一次。"可到了下次，她又耍赖说："我说的是下次，并不是这次。你知道什么叫'理丝入残机，何悟不成匹'吗？"我说："这首《子夜歌》我也读过，丝就是相思，匹就是匹配，丝线织不成布匹，暗指有情人不能结合。"张姐说："看你那德行，好像什么都知道似的。"我问："难道我理解得不对吗？"张姐静了静，说："没有，姐跟你开玩笑。你快回去复习吧。要是误了你考北大，你还不恨我一辈子。"我说："不会的，那张姐我就回去了，以后有事写信联系吧。"

张姐挥挥手，转身就走了。以往都是我先走，她在后面挥手目送的。我也没多想，转身也走了。

叫姐无数声

此后半年多，我们都没有见面。她给我写过三封信，谈她的工作，她读的书，她的一些思考。我一向是有信必回，在回信中隐隐流露出指导和鼓励的语气，同时大肆炫耀文笔，也顺便算是作文训练。她还冒充我的亲戚，到传达室给我送过一回粽子和一回松仁，我与同学们稀里糊涂分吃掉了。夏去秋来，我收到了北京大学中文系的录取通知书。临行前四五天，我去学校闲逛，葛大爷突然递给我一封张姐的短信，约我在儿童公园见面。我想，也应该跟张姐告个别，就按时去了。

到了约定地点，却没看见张姐，过去都是她先在路边等我。我在四下的树丛里寻找，忽然眼睛被蒙住。我忙叫："是张姐吧？"她在后面说："谁是你张姐？叫姐。"我又连叫三声，她才松开。

回头一看，张姐站在绿草地上，穿着水红色连衣裙，乳白色皮凉鞋，头上笼了一条杏黄色发带。她说："你的理想实现了，感不感谢我？”我说：“应该感谢你，你帮助我复习许多次。”她说：“不对，你应该感谢我的，不是我帮助你复习，而是我这半年多来不帮助你复习，根本就不跟你见面。说你不懂事，你就是不懂事。”我说：“照你这意思，凡是不帮助我复习的人，我都得去感谢吗？”张姐说：“我的意思你怎么还不明白？我要是帮助你复习下去，你肯定考不上北大。”我说：“不至于，你不过是帮助我，看我背得对不对，又不当我的指导老师。虽然你学习成绩不如我好，但也不必那么自卑。我主要还是靠我自己。”

张姐听了，默默看了我一会儿，说：“就你这样的人，也能上北大呀？”我说：“怎么了？我哪里对不起北大？”张姐说：“看来北大里边傻子、疯子肯定不少。你走了，有什么话嘱咐我？”我一听有点像孙犁的《荷花淀》，就调皮地说：“我走了，你要不断进步，识字，生产。”张姐听了，有点奇怪。我又说：“什么事也不要落在别人后面。”张姐迷茫地说：“还有什么？”我憋住笑，接着说：“不要叫敌人汉奸捉活的，捉住了要和他们拼命。”张姐这下听明白了，“扑哧”一笑，说：“好啊，你占我便宜，我现在就和你拼命。”说着，一把抓住要跑的我，在我身上一通乱打，一边打还一边胳肢，直到逼迫我又叫了无数声好姐姐才肯罢手。

目光织瀑布

平静下来之后，我看出张姐情绪似乎有些低落，很像学校里那些落榜的同学。

我说：“你以后给我写信吧。”

“我不给你写信。我直接去看你，不行吗？”

“行，行。”我有口无心地答应着。

“放心吧，我不会去的。连你们中学我都不进去，更不会到北大给你丢人的。再说，用不了几天，你就会把我忘得干干净净。”

“看你说的，我孔某人从来不忘老朋友，连小学同学都记得清清楚楚。”

“好，那你就记得我这个老朋友吧。你以后帮助我复习，行吗？”

一提到学习的事，我便如鱼得水，滔滔不绝。在我说话时，张姐一次也没有打断我。她静静地看着我，直到我自己发现已经说了很长时间，停下来时，她也没有言语。

我俩相对呆立了一阵。她说：“你说得真好，我就爱听你这么瞎说。以后可能再也没机会听你这么瞎说了。好吧，我祝你学习进步，生活幸福。”

“我也祝你学习进步，生活幸福。”

“嗯，我有一个请求。”张姐说。

“什么请求？”

“咱们这就分别了，能不能……你……能不能，拥抱我一下？”张姐忽然有点不像平时的姐姐模样，低着头，好像一个小妹妹似的。

拥抱那时已经在电影上很常见了，可那都是谈恋爱的人干的事，跟张姐怎么能那样？再说，怎么拥，怎么抱啊？我看着张姐水红色的连衣裙，用手挠着后脑勺，故作镇静地说：“拥抱？那，那不太合适吧？我从来没拥抱过，多不好意思啊。不就是告个别吗？以后又不是见不着了。革命生涯常分手，要不，咱们就握个手吧。”我觉得脸热热的。

张姐的脸红红的，她低声说：“我也没拥抱过，不拥抱就拉倒。我是想……我是以为你想拥抱呢，我是替你说出来的。瞧你那一本正经的德行，那就握手吧。”说着，张姐笔直地伸过手来。

我伸手握住张姐那细长的手，她猛地用力握了我一下，挺有劲的。我很想回敬她一下，但心里跳跳的，没敢。好像给自己壮胆似的，我连忙说了句："再见。"

张姐盯着我的眼睛，说："我送给你的东西，就不交给你了，怪沉的。我直接给你寄到北大去，你等着收吧。"

"谢谢你，张姐。"

我转身离去。在走向电车站的一路上，我总想回头看看，但努力克制住了。我感觉到后背上一直有一片目光织成的瀑布，从后脑勺往下，淙淙地倾泻着。

文/孔庆东

这个世上的爱有千万种，有一种爱非常简单，就是无欲无求默默地为你奉献；有一份情难以忘怀，就是知你懂你给你最真诚的呵护；有一个人不可替代，就是心有灵犀地陪你度过漫漫长夜。在这复杂的社会当中，在这无奈的人生当中，这样的朋友是很珍贵的。然而，这么一种介于友情和爱情之间的情愫，它是真正的不能说，一说就错，所以我们都选择了没有开始的永不结束。这正是：剪不断，理还乱，是离愁。别是一般滋味在心头。

背　叛

我在北京的猎猎狂风里接到“唐僧”的电话：这个圣诞，我有人一起过了。

那真好呀。

“八戒”什么时候嫁出去了，必须第一时间告诉我哦。

我说：“好。”

收好手机，抬头看见北京傍晚艳丽的霞光，云总是零零落落的几朵。让我想起和“唐僧”躺在操场的草地上，看南京大朵大朵的云，他总是幻想，那些云一会儿像苹果一会儿像奶糖，反正都是他爱吃的。

我们是初中同桌，一坐就是三年。刚开学那天我俩因同时偷吃奶糖，被老师发现了。老师让他重复一下刚才讲的什么，他含着奶糖支支吾吾，结果老师说，那同桌告诉他……这种悲惨的遭遇奠定了我们坚实的伙伴基础。

“唐僧”当然不叫唐僧，他姓唐，单名一个盛字，他妈妈怎么就没觉得这名字念起来多么像唐僧啊……他为人又腼腆，和女生说话的时候容易脸红，简直同唐僧一般。我就擅自叫他“唐僧”，他也不客气地说：“你看你，每天吃那么多东西，脑袋又笨笨的，就叫你‘八戒’好了。”

我们正前方的一桌也是一男一女，女孩瘦弱，男生圆头虎脑，自然一个做了“猴哥”，一个做“沙僧”。我们西游四人组整天在教室后面“称霸一方”，一起看小说、打瞌睡、吃东西、放假游遍南京城。

初三开始了，所有人整天抱着一摞书，挂着一张严肃的扑克脸。我是个不知忧愁的性子，但“唐僧”突然间却变得沉默寡言了。

有一天体育课，我在颠排球，忽然看到“唐僧”在篮球场挥汗如雨，他运球的那股狠劲好像同对方球员不共戴天一样，还狠狠地把一个同学撞倒在地。那同学奋起大骂：“吃错药啦！”“唐僧”站着没说话，那个篮球从高空砸下，落在水泥地上砰砰响。

“唐僧”转身回了教室，我丢下排球拿着他的衣服急忙跟过去。教室里只有我们两个人，他埋着头趴在那里，我推他：“起来，穿衣服。”他不理我，我急了，直接把衣服摔他头上：“一身汗在这儿冻，病了还不得花你妈的钱看。”

他动了一下，然后抓过衣服胡乱套起来，一眼都没看我，又趴下去。我也不高兴了，拿出一份物理模拟题开始写，电路图画到一半，“唐僧”抬起头说：“哎，‘八戒’，这周六，我们一起去看电影吧。”我惊讶地问：“为什么啊？”他说：“想过一个不是一个人的情人节。”我迷茫地看着他，他一下子很泄气：“你要是不愿意就算了。”我撇撇嘴：“好吧好吧，看在你是个可怜的光棍份上，我就委屈一下好了。”他回敬一个白眼：“说得好像你不是光棍似的，彼此彼此。”

我拿出手机翻日历，可情人节是周日啊。他拿本书敲过来：“呆子，非挑那天去啊。”好吧，我说：“不如我们叫上猴哥和沙僧一起吧？”他立刻把头摇成拨浪鼓：“不要不要！”

周六晚上，我们抱着可乐和爆米花，一起坐进了影院。“唐僧”选了一个恐怖片看，唇红齿白的女鬼衣袂飘飘地从古宅探出脑袋的时候，“唐僧”大吸一口凉气，扭头看我，我正看得摇头摆尾……出影院的时候，“唐僧”突然一声惊呼，一只小手抓住了他的衣服下摆。一个卖花的小姑娘可怜兮兮地说：“哥哥，给姐姐买朵花吧，只要二十元钱。”

二十元钱耶！还只要！我拉着“唐僧”就要走，对那小女孩说：我们不买花，我们不是情侣。那小女孩不撒手，没关系，哥哥买一朵就是了！耐不住小女孩请求，唐僧只好买了一朵玫瑰给我。拿回家，妈妈还取笑我：“哟，女儿收到花了嘛。”

周一，“猴哥”神神秘秘地对我说：“‘八戒’，昨天不是情人节吗，‘唐僧’约我看了电影，还送了我一盒巧克力……”

“啥？”我惊讶得张大了嘴，“什么电影？”

“一部恐怖片，超可怕的……哎你说，他是不是在追我啊？”

他有如愿以偿地让你躲进他怀里吗？当然这句话，我没有问。

那时候被利用的厌恶感让我一分钟也忍不了。

回到班里，我拿出四十元钱，摔在“唐僧”桌上，“还你电影票钱。”他傻傻地看着那几张钞票，大概明白我已经知道事情的原委了。我坐下来，声音不大，却冷得能结冰：“这样有意思吗？你要追谁你跟我说我不会帮你吗？为什么要骗我，朋友是做假的吗？”

他低着头好一会儿，小声地说：“我不知道女生看那样的电影会有什么反应，所以……”

我冷笑一下：“所以你就利用我，是你背叛了我们的友情，从现在起，我不想再跟你说话。”

我们的冷战开始了。“沙僧”啥都不知道，只能哀号道：

“喂……你们怎么回事啊，我们可是天下无敌的西游四人组啊！”

那天评讲试卷，“唐僧”的眼镜片又掉了。以前掉了总是我帮他修，但这次，他只能用一只手举着眼镜片，另一只手记笔记，样子极其滑稽。连老师都取笑他：

“你是在做科研吗？”

我突然忍俊不禁，把他的镜片抓过来，凶他：“镜框拿来！”

他先是愣了一下，然后大喜，把眼镜摘下来，双手奉上。

我们的冷战结束了。

我好像就是在一瞬间想通的。一个十六岁的男孩，情窦初开，也许在他喜欢上一个人的时候智商真的会下降，也许他不是真的想要背叛我们的友情，甚至都不是真的爱上“猴哥”了，只是“猴哥”瘦瘦弱弱的样子让他很想保护而已，这是他后来高考完在狂欢宴上喝多了说的。

如今的西游四人组里面，我还是个灰头土脸的学生，“唐僧”身上有了成年男人的沉稳宽厚和担当。我们最亲近，每年总要聚上几次。“沙僧”当了兵，成了个爱做事不说话的铁打的人，现在很少能见到他。而当年娇俏如黄莺、孱弱不禁风的“猴哥”，已经多年没有联系了。

当年的小打小闹，成为我们难得的一段温暖回忆。

文/张舒怡

有时候，友情所谓的“背叛”其实并没有那么严重，只是大多数人首先会想到自己是多么珍惜这份友情，一直在付出，对朋友那么的好，等等，然后就把所有的过错都归咎于朋友身上。在这方面，心胸宽大的人会把“背叛”的限度放大，而心胸狭隘的人则常常因为朋友的一个小过失就认为是背叛。本文作者初时生气，后来自己慢慢想通了，于是双方和好如初。由此可以看出，经得起考验的友谊才是真正的友谊。多年以后，这段小插曲将成为一段温暖的回忆。

等你陪我去看一场春暖花开

拥抱不了的背影

我梦见莫筱白了。

醒来时，脸上没有泪湿的痕迹，只是左胸口某个地方疼得厉害，以至于把自己都蜷缩成了一团。

没有什么惊天动地的大场面，我只是梦见莫筱白的背影而已，没想到这个背影竟然清晰到让我觉得心口有灼热般的疼痛。

望了一眼床头的闹钟，五点四十分。

再无睡意，翻个身，把被子拉至头顶，又强迫自己闭上眼。昨晚熬夜看书，我可不想在课堂上睡觉又被老师叫起来回答问题，因为现在没有人会碰我的后背说，晓星晓星，世纪金榜第一百零四页拓展题的第九题。

迷迷糊糊不知又睡了多久，似乎梦见了叶晨，依然是高高瘦瘦的样子，微笑起来仿佛明媚了半边天空。我想跑过去对他说句话，只是脑海里浮现的是他那双安静到疏离的眸子。

我蓦地睁开眼，时针已经走到六点十二分了，匆匆穿好校服，到卫生间洗漱。刷牙时，不知从哪里飘来一阵歌声，只是个前奏，在梦里忘记流下的眼泪却在这一刻疯狂从眼眶中涌出。

“因为梦见你离开，我从哭泣中醒来。”

我怔怔看着梳妆镜里的我，那个泪流满面的自己。

无处安放的回忆

我总是在六点五十分到达学校。刚走到教室门口，就看到叶晨正站在第三组第四排座位的旁边，略低头，一手轻轻抚着桌面，从我站的位置望过去，少年清俊的脸庞柔和安然。

那是莫筱白的座位，那张桌面上有莫筱白用圆规刻下的我和她自创的动漫人头，整整花费了她两节课的时间。

“早。”我说，率先打破沉默。

他回头，脸上柔和的面具未被撤下，他的声音一如既往：“早。”

我却突然觉得难过。

那个曾经对我微笑如同阳光般的少年终究只是曾经罢了。他望向我的眼睛，如梦境般，带着我无法靠近的忧伤。

是因为莫筱白吧，叶晨果然是喜欢莫筱白的。

再无言语。叶晨拿着英语书回到他自己的位子，我把书包放下后，抬头正好看到初晨破晓的阳光漫射在他白色的校服上，单薄的背影有不易察觉的黯然。

我不敢再看下去，我怕我会哭，也害怕自己说出那个深埋心底的秘密。

是的，我有一个秘密，是关于莫筱白的。

早上上第二节课时，我又发呆了，眼看老师往我们这组扫描，我小声问同桌：“讲到哪儿了？”

“第四题。”同桌眼睛盯着黑板，淡淡说道。

略有些自嘲地一笑，我说过，如果上课发呆没有莫筱白，被老师叫起来回答问题我也是一头雾水，因为没有一个人会提醒得像莫筱白那样详细。

我转头看向后桌，空荡荡的桌椅，桌面上两个相依偎的可爱卡通人物渐渐在我视线里模糊起来。我和莫筱白也曾那样依偎着头同戴一副耳机，同听一首歌。可是回忆仍在，记忆里的人却早已离开。

我是你的顾晓星，你曾是我的莫筱白

我是在高一下学期见到莫筱白的，那时高二文理分科，我和叶晨还有很多同学一起站在布告栏前看分班的情况。当看到我和叶晨都在同一班时，我禁不住扬起嘴角。

“莫筱白？”叶晨喃喃道，随后对我说道，“哎，晓星，你找到你的宠物了？”

我说：“小心被她听到，然后狠狠咬你一口。”

话音刚落，感觉有人轻扯我的衣角，我转头，是个面容清秀的女生，齐肩的碎发，最漂亮的是那双眼睛，犹如小鹿般，清澈透亮。

她小声辩解道：“我名字中的‘筱’是上下结构的，不是独体字的‘小’。还有，我才不是宠物。”说这话时，她颇有气势地瞪了叶晨一眼，叶晨微愣了一下，然后耸耸肩，嘴角的微笑盛满阳光。

未见到莫筱白之前，我一直以为不管时间怎样变化，人物怎样陌生，总在我身边的少年会有一个专属于我的微笑。可是原来，他也可以对别人这样微笑的。

我想，是不是在那时叶晨就喜欢上莫筱白的眼睛，而莫筱白也同样被叶晨的笑容所吸引了？

书上说，这叫一见钟情。

莫筱白是个很好相处的女生，不到一天，便和周围的同学聊得热热闹闹的。她碰碰我的后背说："你是我前桌呀。哈哈，你是顾晓星，我是莫筱白，我们本该就在一起的。有缘，朋友。"最后两个字说得特别给力。

我回头，对她微微一笑，没再说什么。

时间是个伟大的改变者，它能使原本两个熟稔的人背道而驰，也能让两个本来陌生的人紧紧相依。

慢慢熟悉起来，就常常腻在一起了。几个人围在一起，为一道数学题争得面红耳赤，也会因为同解一道难题而欢呼。莫筱白有些粗心大意，一些小小的运算总要出错，有时步骤太多，又不知道哪里算错，叶晨便会拿过她出错的题，一步一步计算给她看，莫筱白就很乖地听他详解，一双小鹿般的眼睛澄净透明。有时叶晨会拍拍她的头对我说道："哎，晓星，你家的小白怎么脑袋这么不灵光呀？"我说："有你不就行了。"叶晨一愣，遂而微笑，满眼宠溺地看向莫筱白。

"也就你能看得出来，莫筱白这个傻瓜。"

"臭叶晨，不准在我家晓星面前说我坏话！"

叶晨有些无奈地给了我个眼色，我笑笑，低头，眼眸蒙上一层水雾。

站在最接近天堂的地方许愿

"晓星，莫筱白到底去了哪里？"

某个夕阳即将落山的傍晚，叶晨站在我书桌旁，问了我这么一个问题。

我当时正在做一道物理题，从叶晨嘴里听到有几个月不曾听到的名字，手里的钢笔停顿几秒，笔墨在暗线簿上形成一个黑乎乎的圆点。

有橙色的光芒爬到教室的某个角落，细小的尘埃在空气中曼妙漂浮着。我听到叶晨说：“你知道她去哪里了？”明明是个反问句，到我耳朵里却变成了一个无法反驳的肯定句。

“那么，”我抬头，看着少年的眼睛，“为什么我就会知道莫筱白去了哪里？为什么你不去问别人？为什么我在这里要接受你的质问？”只有我清楚，说完这些话后，我握着笔的手有些许的颤抖。

“我问了，可连班主任都说不清楚，她家电话打不通，她也没说要去哪里，可是，”他望着我的眼睛陡然划过一丝哀伤，“可是在离开之前莫筱白对我说，要我和晓星一起完成她最美的梦想，因为那是她无法抵达的远方。”

只一句，在眼眶逗留许久的液体，瞬间打湿了我的脸庞。

我对莫筱白说过我的梦想，我想考去厦门，去鼓浪屿，去听海的声音，去拥抱海风，去看春暖花开，和我最爱的人在最接近天堂的地方许愿。

莫筱白那时还歪着头纳闷问道：“最接近天堂的地方？”

“就是海呀！”

“那谁是你最爱的人呀？”莫筱白揶揄道。

我望着她漂亮的眼睛，碰了碰她的额头，说道：“秘密。”

莫筱白可爱地鼓起双颊，撒娇般地挽住我的手臂，轻声说道：“如果有机会的话，我希望我是那个人。”

如果有机会？我当时怎么就忽略了这几个字呢？

叶晨看到我泪流满面的脸，顿时有些慌了，他说：“晓星，对不起，不该这样问你的，你别哭呀。”

泪眼朦胧地看着少年的脸，直到他的样子在我眼里变得不真切，我揉揉眼，说：“叶晨，你会等筱白的吧？”

他双眸有一闪而过的光亮，他说："我一直在等，因为我想她会知道，我一直在等她回来，跟她说，我真的喜欢她。"

原谅我，让你离开

我是在一个温暖的下午碰到莫筱白的母亲的，只是第一眼看到我，她就拉着我的手说："是晓星对吧？我在筱白的手机里看过你的相片，你和我家筱白关系那么好，能不能帮我劝劝筱白？"

我也是在那天才知道筱白心中隐藏许久的秘密的。我看着她母亲指尖微凉握着我发抖的手，看着她已被岁月刻下痕迹不复年轻的脸上令人心惊的哀痛。我掩下心头将要咆哮而出的不安，递了张面巾纸给她，说："阿姨，别担心，筱白会和你回去的。"

我抬头望向天空，是一碧万顷的湛蓝，莫筱白最喜欢的颜色。

我不知道那天看到莫筱白的神情是怎样的，只知道她和叶晨一起走来。他们现在常常在一起说说笑笑。叶晨不知说了什么，逗得莫筱白脸色微红。我说："筱白，我有话对你说。"

刚好有同学来找叶晨去打篮球，他向我摆摆手，又揉揉莫筱白的发顶。

"晓星，"莫筱白像个孩子一样向我跑来，脸上有雀跃的笑容，声音里是掩饰不了的喜悦，"晓星晓星，刚才叶晨对我说……"

"我喜欢叶晨。"

我们站在一棵大树下，有风吹动树梢沙沙作响，阳光漫过树缝柔和地洒在我们身上，土地上遗留着阳光的碎屑。

"我喜欢叶晨。"我说，然后意料之中地看到莫筱白脸上雀跃的表情一点一点冷却。

她默默地低下头，我看不到她的表情，我也看不清，因为泪水已经迅速充盈了我的眼眶，她说："晓星真的喜欢叶晨吗？"

"嗯，你知道的，我们是一起长大的。"

"哦，对……"她拉住我的手，指尖苍白，她的声音有不易察觉的脆弱，"那么，跟他在一起，你会快乐的，对吧？"

"嗯。"

"那个会和你站在最接近天堂许愿的人，也是叶晨，对吧？"

"……嗯……"我咬了咬下唇。有液体落在我手背上，晶莹剔透，又在空气中迅速汽化。

"那么，"她抬头望着我的眼睛，我看见她那双小鹿一样的眼睛充满悲伤，"那么，你还是我的顾晓星，我也还是你的莫筱白，对吧？"

我多希望抬头就能把眼泪倒回眼眶，可是它们还是顺着眼角滑下，我说："莫筱白，你离开吧，连自己身体都不爱惜的人，不是我的莫筱白。"

我看见莫筱白肆虐的眼泪不断地落在我的手背上，我像被火烫着一样迅速抽回手，然后一言不发地离开原地。

走了几步我还是转头望向莫筱白，她背对着我，纤细的背影成为让我日后总在午夜伤悲的影像。

"筱白脑里有一颗'定时炸弹'，医生说要快点动手术，明明说好这个学期的，可是有天她突然对我说不想做了，因为她怕失去你们。她说，她舍不得。但是，这不是开玩笑的，哪能说不做就不做了，错过最佳的治疗时间，她该怎么办？"

这是莫筱白的母亲对我说的，突然觉得莫筱白真是个大傻瓜，她怕失去我们，我们舍得让她离开吗？

所以，莫筱白，你走吧，然后，完好无损地给我回来。

等你陪我去看一场春暖花开

夜晚接到叶晨的电话，他说因为那天莫筱白跑来和他说要好好对晓星之类的话，让他觉得莫名其妙，明明他刚跟她表白，她却让他对另一个女孩好，还不回答一句话就离开了，这怎么不让他生气？所以迁怒到了我，他感到很抱歉。

我说："亏我们当了那么多年的朋友，果真重色轻友。"

然后我们在电话里不约而同地笑起来。我说："叶晨，筱白会回来的。"

他静默几秒，慢慢说道："晓星，我不知道为什么你要隐瞒她离开的原因，不过我相信她会回来的。"

其实我没有告诉叶晨，莫筱白离开后有打电话给我，她说："晓星，你别生气，我也是怕你担心才没告诉你。现在我会乖乖治疗，我要健健康康地回去，因为我很想你们。"

而我也没跟筱白说，其实叶晨一直很喜欢她，他在等她回来；我也在等她，等她陪我去看春暖花开。还有，我还想对她说，我最想陪我站在最接近天堂的地方许愿的人，一直是她——莫筱白。

筱白，等你回来了，我要给你个大大的熊抱，然后跟你说，你一直都是我的莫筱白。

我等你，陪我去看一场春暖花开。

文/陌忆

有人说，三个人的友谊就像是一场三角恋。文中的几位男女主人公似乎正应了这句话，一个是郎有情妾有意，一个是妾有意郎无情。在友谊与爱情的天平中，作者选择了友谊，为了让好友不至于错过最佳治疗时机，她故意在好友面前表白了自己的爱情，因为她知道，好友会选择退出，成全她的爱情。其实，对作者来说，那个自己想要陪着站在最接近天堂的地方许愿的人，一直是她而不是他！今生有缘，与你相识；今生有缘，在生命里为你守候每一场的春暖花开！

青春的仓惶

之前，赵小七让我写过无数封求爱信，并且十分刻苦地抄写一遍又一遍，投给令自己心动的女孩子。

没办法，谁叫我的作文水平高呢。我的每一篇作文，都得过班主任丁老师的高分。有的还当做范文，在课堂上一字一句地讲解。有的则上了学校的黑板报，其他班的同学甚至全校的同学皆有意无意地受过教育。

这一点还不是最主要的，最主要的是赵小七对我比亲哥哥对我好，或者有时超过父亲对我的好。赵小七经常将自己捉襟见肘的零花钱，变成本子、钢笔和课外书装进我的书包，堂而皇之地演变成我的私有财产。有一天，我被几个小痞子包围起来，在没有得到他们想得到的东西后，像群狼骚扰一只小羊一样，小痞子将雨点似的拳脚落在我身上。赵小七拎着半截砖头冲上来，奋不顾身地保护我驱赶他们。赵小七的胳膊由此受了伤，青一块紫一块的伤口张牙舞爪地盯着我，让我的眼泪秋雨般地下着下着。

但这一次，赵小七抄过写给柴静静的求爱信后，要求我亲自给住在乡政府大院的柴静静送过去，我犹豫了。

赵小七没想到我会如此犹豫，因为之前他让我朝东不朝西，让我打狗不撵鸡。

这件事于我很难很难。平时我是一个少嘴寡言的学生，而且一见到女生就脸红，尽管我的求爱信写得热情洋溢无与伦比。

赵小七说，上过晚自习，等柴静静回去后，同学们都走了，走学校的后门到乡政府大院。

赵小七设计的方案十分科学，在那时那地是再优质不过的点子了。可是我心里仍然犯嘀咕，为什么他赵小七不去送信？原来的每一封信不都是他自己送过去的吗？

赵小七坚持让我送信肯定有他的难言之隐，肯定有他独到的想法和顾虑。我没问赵小七，赵小七也没跟我解释为什么。

那个晚上，我是怎么摸到乡政府的？又是怎么摸到柴静静家门的？这些细枝末节，打死都回忆不出来了。我忐忑的心里，除了惊吓，还有恐惧、焦虑、胆怯和无奈。

通过柴静静家虚掩的门缝，我看到柴静静美丽的背影。柴静静穿白卦子、牛仔裤、运动鞋，得体的衣裳让她青春的身体勾勒出无穷的杀伤力。柴静静站在窗前，对着苍茫的夜色做深呼吸。稍有朦胧的灯光下，柴静静肯定不知道我的存在，肯定不知道有一双眼睛的存在，肯定不知道有一个品学兼优的好同学的存在。

将那封信从贴地的门缝里塞进去，颤抖不已，我马上消失在从柴静静家里释放出来的灯影里。

我突然被从黑暗处窜出来的两团黑影撂倒，然后承受住砖头石块一样落下的拳脚。龇牙咧嘴倒在痛苦的呻吟中，甚至不知道那两团罪恶的黑影是什么时候消失的。

赵小七把愤怒的拳头砸在墙上，咬牙切齿地说：“我宰了他们！”殷红的鲜血，顺着他紧握的拳头滴在水泥地上，滴在我布满灰尘的裤角上。

赵小七要宰的他们是谁？面对我一而再再而三的追问，他摇头，再摇头，继续摇头。

其实，像赵小七这样侠肝义胆的学生，在愤青加叛逆的校园里，不乏追求者和仰慕者。赵小七像数学老师给我们出的几何题一样，总是花样迭出地变换着女朋友。

至于柴静静，赵小七一直没有得手。从赵小七盯住柴静静如饥似渴的眼神里，我准确无误地读到了这一点。

上高二的下半学期，赵小七被学校开除了。无可奈何的班主任和满脸严肃的老校长无数次警告过赵小七，打架、旷课、谈恋爱、扰乱学校的正常秩序，哪一条都足以让赵小七离开那个一生难以忘怀的校园。

直到我考上大学参加工作，都没能再见到赵小七。赵小七在哪里？我曾暗暗地问过自己，内心深处总有一丝对赵小七的留恋挥之不去。

将柴静静娶回家变成我的爱妻后，才将对赵小七的留恋，从记忆的底片上抹去。

年前去南京游玩，在秦淮河岸边的一家小商场里，意外碰见了赵小七。赵小七而今是商场的老板，手下有近十名忙里忙外的员工。

赵小七请我们夫妻逛中山路，吃鸭血粉丝，上金陵饭店顶层看南京夜景。觥筹交错中，我们争先恐后回忆在涡河中学的美好时光。

回到家后的某一天，柴静静郑重其事地跟我说："等赵小七回来，我们要好好招待招待他。"瞥见妻子白皙的脸庞飘过几丝红晕，我背靠沙发，懒洋洋地说一声："好。"

文/韦如辉

大概人们都见惯了一成不变又乏味严肃的好学生，所以那些活得又堕落又嚣张的不良少年，往往特别能吸引人们的眼球。他们无拘无束，敢爱敢恨，讲究哥们义气，他们的青春就像满天的烟花，即使最终仓惶逃窜在黑夜，也会绚烂地盛开在别人眼里。我们唏嘘和感怀，为这老去的岁月，也为这仓惶的青春。

文科班的小花朵

日子么，就要自得其乐。像蚯蚓给自个儿截成九段，凑两桌打麻将，还有一个端茶倒水的。

我最爱玩的，是画画：在一张纸上滴上点黑黑的墨汁，几口吹下去，然后拿狼毫笔蘸上红墨水点染点染，就是我的墨梅图。

当然，也有失手的时候，比如我滴上墨水，刚低头下去，对面一股风过来，墨汁就在我脸上开了花。睁开眼，面前是软软那张笑得很欠揍的脸。越到后来，我去洗脸的次数越多，到最后，发展到我只要拿出单页的A4纸，前面立马就有一个掉头过来的脑袋做好准备搁我对面。

班级里有很多次位置大调动，可软软一直是我的前桌。所以她颇有资本，一回头就说："真不知道你修了几辈子才修到的福分。"我看着她："你这叫阴魂不散。"她指着我的鼻子："文科班的人，连词语也不会用，什么'阴魂不散'，这叫'友谊长存'。"

软软好动，自习课上那些为她运送乱七八糟的字句的纸飞机，没有少为她争来做值日生的"美差"。

有一次，一架被她写上"如果撞上你，证明你是猪"的飞机，准确无误地降落到来检查纪律的教导主任的衣领里，扣了五分量化分不说，那天晚自习，全班同学陪着软软在操场站了三个小时。如果不是看在苦苦求情的班主任的份上，那次软软还得在全校大会上作检讨。那时候，幸好“成绩是检验好坏的唯一标准”，所以总排全级前几名的软软，每次都能化险为夷，不然，十个软软也不够去补她捅的那些娄子。

每天上午做完课间操，软软就飞快地冲到收发室领信，几十个班级，天天她第一。一边往回走，一边撕邮票（她只撕我信上的），回来后，温柔地告诉我，我比班主任手快，没有让他收缴到信，所以这些邮票都得给我。不过软软最高兴的，是看到有我的汇款单，扯着嗓子叫着我的名字，然后有节奏地重复着“稿费，稿费”。她那夸张到几乎让全校的人都能听到的声音，让人恨不得直接掐住脖子把她灭口算了。此时想想，那时能真正分享这些的朋友，还真找不到几个，特别是女生。软软也和别的朋友一样闹着请客，不过她从不以单子上的金额作要求，十五块时她要一袋巧克力豆，三五百时她要的还是一袋巧克力豆。她在我面前一粒一粒地慢慢吃，一粒能吃上个三四分钟，一边吃一边笑。吃到我看不下去的时候，她就抬头感叹，这胜利果实来得不容易，要不你也吃一口。每次，软软都要拿一粒埋进教学楼后面的花盆里，紫罗兰下面，菊花下面，仙人掌下面……她往一串红下埋的时候，定的下一个目标是月季，不过这个目标，她没有实现。因为等我买下一袋巧克力豆的时候，她已经不在了。

那辆翻进水库的车里坐了十五个人，死了两个，软软和她的弟弟，我见过那个小男生，和软软一样机灵古怪。

软软的死，对学校的唯一影响是让每个人缴了五块六毛钱，请了市里所谓的专家来学校讲了一天逃生之类的知识。初中部高中部的几千人坐在操场上，听着主席台上那帮人拿软软当反面教材。他们不说那是交通事故，也不说那个水库那么大那么深，更不说车里其他逃到岸上的人的绝情，只说软软。全世界都是对的，只有软软一个人错了，能言善辩的软软第一次那么心甘情愿地接受了那么不公平的事，谁叫她不能站起来为自己辩护呢？

我的前面很快就有人坐了，全级的名次自然也立马更新，班主任也少了和稀泥的机会，我们班上的信班长每三天去领一次，我第一次知道我信上的邮票以普通图案的居多……

学校为了七十校庆，把那些瓦花盆全换成了白瓷的那种，再排列个图案出来的时候，我彻底找不到我和软软曾经埋过巧克力豆的花。所幸的是，自己在那里再也没有拿过能为软软买巧克力豆的汇款单。

记得软软有次缠着我问一加五等于几，我说等于六。她又问二加四等于几，我说等于六。她接着问三加三等于几，我说还是等于六。她继续问我四加二等于几，我说等……于……六。她看着不耐烦的我笑，又问五加一等于几，我说："你再问我，我非得打你。"过了一会，她不怕死地转过来："你现在告诉我一种蔬菜的名字。"我说："菠萝。"她死死地瞪着我："同学，你们家的菠萝是蔬菜吗？"后来，我在网上看到这个测试，上面说百分之九十八的人最后的回答都是大白菜。再后来，也有人和我玩这个游戏，我都耐心做完，最后告诉别人的答案，都是"大白菜"。因为现在，没有那个要摘下我头来看看构造的软软，至于"菠萝是不是蔬菜"这种孩子气的问题，也早就不会有谁来追究了。更重要的是，这个游戏，我和一个朋友，在很早以前一起玩过。

文/权蓉

这世上，总会有那么一个人，永远占据着你内心的一个角落。任沧海桑田、岁月变迁，惟有她曾经的容颜在你心里永不老去。于吹面不寒的杨柳风里，于衰草凄迷的秋光里，于月色如银的静夜里，于缓缓流淌的乐声里，她总会在你毫无防备的情况下走来，让你默默地怀想，淡淡地遗憾，浅浅地哀伤……

谁有轻慢天使的权力

你想过当公敌的后果吗

教室里除了纪念念清脆得水珠落玉盘一样的声音外，再无声响。时间仿佛都在那一刻停止了一样，以至于纪念念的背诵声停止了好一会儿，英语老师才回过神来，扶了扶眼镜，示意纪念念坐下，她说：“我想知道你们还有什么好说的？”

当然没什么好说的。当初英语老师让大家把那么长的一篇课文全文背诵下来时，大家一致反对，说那根本就是不可能完成的任务，结果呢，人家纪念念不但完成了，而且一字不漏，而且声情并茂。

那节课的直接后果是，放学后除了纪念念外，全班同学都留下背课文。谁背完谁走。间接后果是：纪念念成了八班的人民公敌。谁都不愿意跟一个“众人皆醉你独醒”的人做朋友。这话是罗亦说的。

说这话时，罗亦被纪念念堵在了琴室的走廊里。她问：“我做错了什么？你们都不理我？”罗亦低头沉吟了一下，说出了这句他觉得很有水平的话，却不想纪念念嘴一撇，“切”了一声，她说：“我完成老师布置的作业有错吗？难道碰到有人行凶，大家都看着，我也看着，那才是正确的吗？”这话还真把罗亦问住了，他挠挠头，说：“可是，大家因为你受了惩罚！”

“怎么能说是因为我呢？明明是因为你们自己不用功！我认真背课文有错吗？”纪念念的嗓门提高了八度。罗亦倒不安起来，这丫头还真是一根筋，也难怪她不开心，上体育课两人一组做击球训练，谁都不愿意跟她一组，弄得她自己在篮球架子后面坐了一节课，罗亦其实很想去跟她一组的，只是，他害怕众怒难犯……

近在咫尺的距离

纪念念成了孤家寡人，每天一个人背着书包上学，放学；一个人去厕所，一个人坐在教室里发呆。当然，也是一个人一枝独秀地好，能回答上老师提出来的难死人的问题，能完成老师留下的所有作业。像是在用决绝的方式跟大家说“不”，纪念念一个人接受老师的表扬、同学的孤立。女同学在背后窃窃私语：“就显她好，有什么了不起的！”男同学说：“她那样清高的女生，谁能靠近得了啊！”

只有罗亦知道这一切都是不对的，因为他清楚地看到那天体育课后，纪念念一个人走到没人的巷口，突然弯腰蹲在地上失声痛哭。

罗亦很想走到纪念念身边说句“对不起”，那是他代表全班同学说的。可是，脚像生了根一样，没能挪动半步。近在咫尺，却远如天涯。罗亦终于没能给纪念念一点力量。

罗亦回家时，同学打来电话约他周日去爬山。罗亦很想问纪念念去吗？可是他没问出口，他们当然不会叫她，他突然很讨厌自己的懦弱，很讨厌大家的这种热闹。

吃晚饭时，罗亦问老爸：“如果那个人没做错什么，大家又都孤立她，我该怎么办？”老爸想了一下，说：“你有你自己的判断，只要你觉得她是值得你交的朋友，那么就去做！别在意别人说什么做什么。”罗亦想起那天在琴室走廊上纪念念的话和在小巷里纪念念的哭声，心里有钝钝的疼。

早晨在校门口拦住纪念念，罗亦说：“周日去爬山吧，我骑自行车带你。”

纪念念眯着眼睛瞟了罗亦一眼，淡淡地却很坚决地说：“不去！”

罗亦早就知道是这个答案，后面的话他也准备好了，他说：“你不敢去？”

激将法果然有效，纪念念说：“我害怕啥？不就是爬山吗？”

罗亦把纪念念领到集合地时，八班的同学都有点发愣，但是罗亦可没管这一套，带着罗念念把车骑得飞快。风吹过纪念念的发梢，纪念念大声说：“罗亦，你不怕大家孤立你吗？”

罗亦也大声地喊：“你以为你是毒药吗？”

那一刻，他们的声音都扔进了风里，心的距离很近很近。

后面的同学叫嚣着追上来，罗亦奋力追过去。纪念念吓得尖叫……

谁有轻慢天使的权力

后来的好长时间里，罗亦都在为自己那天带纪念念去爬山的举动感到自豪。其实，纪念念真的是个好女孩。爬山那天，纪念念再次让八班同学对她刮目相看。

爬山爬到半山腰，班里的女生王灵子突然腿抽筋，大家一下子慌了神，谁都不知道该怎么办才好。只见纪念念拨开众人，冲上前去，让王灵子躺下去，她使劲地给王灵子拉腿按摩，手法很专业。好一会儿，她扶王灵子站起来慢慢地走，一路上纪念念都在照顾王灵子。也许就是纪念念不计前嫌的这种姿态让很多同学都很不好意思起来。野餐时，很多同学都把好吃的东西塞到罗亦手里，让他送给纪念念。罗亦才不呢，他说："你们自己没长手、没长嘴？自己去！"

纪念念的面前一大堆好吃的，于是，罗亦跑过去帮着吃，他的嘴咧得跟个瓢似的，他说："跟着美女就是借光，唉，不然，谁理我呀？"

纪念念看着罗亦狼吞虎咽的样子，说："罗亦，谢谢你！"

罗亦大咧咧地说："我吃你的东西，你谢我？脑子进水了吧？"

"你知道我说的是什么。我也知道我没错，但是，我缺少跟大家沟通的渠道，你帮了我！"

接着，罗亦说了句很让他觉得自己有才的话，他说："纪念念，你一直都是个心地善良的天使，谁都没有轻慢天使的权力，我只是把天使带到了大家面前，让大家看到你的好而已！"

纪念念的眼睛一下子亮晶晶的，罗亦忙举手投降，他说："不许哭，我最怕女孩子哭了！"

于是纪念念就笑了，笑得像春天开的一朵花一样漂亮。

青春的孤单就那样扑愣愣地飞走了，随之而来的是理解和融合，是鼓起的勇气和接受。

这样，真好！

文/风为裳

学校也是一个小社会，同学之间的关系有时挺残酷的。所以，处好同学关系，往往比处好家庭关系还重要。因为家人会原谅你的过失，而同学则会记住你的过失。当你遭到同学的孤立，只是说明你们的某些想法或意见存在分歧！保留个人的主观想法固然重要，但是，如果要与同学和谐相处，应适当做出一些让步，认真从自身找找原因，有机会再找个知心人聊聊，不要过多计较同学的“冷落”，也不必“心痛”，产生成见“不想理”人家。要相信同学，相信自己，让他们感到你很看重彼此之间的友谊。

用我一辈子去忘记

上星期看《这个杀手不太冷》，十二岁的玛蒂达问里昂“是人生就很悲惨，还只是少年时如此”，里昂说“Always”。

看完去酒吧看球赛，凌晨回来洗头发，擦干后照镜子时，我想起那首生僻的被我忘记名字的歌“那张呆呆的脸，那双大大的眼，清纯又善变，聪明却看不远……”那是我揽镜自照的少女时代，那时我曾如玛蒂达，夜夜向虚空中低声发问。

十二岁时我已升入中学，日日城北走至城南，成绩差强人意。

整整六年的时间，我一直留着“日本头”——也就是齐眉齐耳的短发。衣色黯淡，像条暗色影子，闪躲在隐隐约约的人海。

人长高了，可以混迹于同班学生，但对自己的身体有一种陌生和微微的厌恶感，我记得用布缠起发育中的胸部，穿贴身的裙子时可以不必觉得羞耻。

但是又要常去理发，去买衣服，那是最难堪的事。在那个年纪忽然被人注视，被人议论身体，在镜前推来转去，是对没有什么自信的孩子的折磨。连在陌生人面前走路也让人窘迫，更不要提开口讲话。

张爱玲在《对照记》里写她永远没有摆脱那个尴尬的年龄，“夫人不言，言必有失”，看了会心莞尔，是是是。

我的朋友仍然少，有一个，有个喜气洋洋的名字叫“福珍”，极长的辫子，大额头，大嗓门。她人好，又爱热闹，与一切男生均是好友，与他们暗恋的女孩子也均是好友。替他们传递纸条兼倾听心事。只是放学时便落单了，于是每日黄昏，我与她日日从城南走回城北，她讲班里各色人等的事给我听，天际每每有橘红色晚霞，她令我开怀。

她最爱说班上叫“依依”之类名字的女生，卷发，穿有蝴蝶结的丝质粉红衬衣，上课时翻窗出去与男生约会。

哗。我们撇撇嘴，心底里却是羡慕的。

我常常对着镜子看很久，用铅笔卷起头发再放下来，觉得那张脸异常平凡，我令她做出嬉笑哀哭的表情，静下来却是长久的迷惑。我经常劝说自己人死之后不会消失，仍可以化为另一个婴儿重新认识这个世界，那些炊烟，早晨的阳光……它们的存在不可能是毫无意义的。

但仍然无法克服对死亡的恐惧。每天夜里，躺在厚厚的棉被底下，听风从远处来。我注视着睡在我左侧的奶奶的脸，她在熟睡中微张着嘴，想到她可能有一天会离开，我就悲从中来。十几年来，我仍在一次次梦见我失去了她。然后，在清晨醒来的时候痛哭不止。

我经常和奶奶在暖和的下午坐着，低头看一会儿书，再抬头像树枝一样把手伸在阳光里，无人的楼上一扇明亮的窗户，风吹着它的光亮急掠过草地。

阅读任何写有字的纸都令我狂喜。我站在狭小的储物间，看《警世恒言》、《红楼梦》、批判胡风的文件，我妈读中文函授的所有教材，和我爸的中医杂志里稍有文学性的内容。我几乎是毫无鉴别力地贪婪地吸收着每一个字，好像那里可以寻找到这个世界的意义。

偶然在短波里收到台湾的广播“中广流行网”和“亚洲之声”。天天黄昏抱住听，三毛去世也是在那里听到的。我还记得申婉在黄家驹去世当天的节目里播放《关心永远在》，她说“人生在世就要珍惜，因为我们不知道下一分下一秒会在哪里”。也还记得陈凯伦问赵咏华：“你是不是个很需要爱，需要各种爱的女人？”她大笑说是。

我也笑，格外贪恋在电流的劈啪声里有人语音竟如此温柔，于是给他们写信，谢谢他们给我安慰。写完，想想，夹在日记本里，直到今天。

写两本日记，抄满格言的那本，交给语文老师。

在自己的那本里很文艺地写“我渴望待在最静寂的角落里，被最热烈的声音包围”。

倒确实一直是在最静寂的角落的，高中时愈发寡言，坐在靠窗的地方，日日看老槐树在暗蓝暮色的风里，巨大的阴影如痴如醉地摇摆。五月的时候，夜里也看到满树洁白如雪的花。

周末一个人去爬山，在高高的山顶，俯瞰深深的山涧，想象大河曾如何在这荒芜土地上奔涌。大片云飞过时，大地忽明忽暗。下山的时候，我脱下鞋子拎在手里，小心翼翼地滑下结冰的陡坡。

在孤独痛苦的青春期，是对音乐和美的敏锐感受令我缓解了绝望的情绪。我听罗大佑、黄品源、张镐哲、娃娃、高明骏，几乎每个人的歌就代表一段时间内的心灵挣扎，如蛭附骨的孤单，日复一日，毫无希望地噬咬人。只有这些歌，令一个少年可据有些微奢侈的诗意。

八年后在从长沙飞回北京的飞机上，降落前侧转弯时，流光溢彩的大地忽然倾斜过来，我的眼睛湿了，这是我曾在北方的大地上一次次凝视的天空，从未想到在远离灯火的高处俯瞰人的生存之处，会有这样难以言说的美。

今天的我，站在岁月的高处，仿佛重新看到自己的背影，凝立在北方巨大的晚霞和夺目的星空之下。

只是……那时的她，坐在紫云英盛开的田野之上，注视着归于寂灭的黄昏，在想些什么呢？

我不记得了，只想起她总是注视着天际线——那是她目力的极限。

直到一九九二年。奇怪，这个年份，之于我，好像是有某种气味的，我在长沙秋深的夜雾中穿过时，在北京某个暮色中的街口燃烧落叶的烟雾中匆匆走过时，在上海一个旧花园里被深夜的草木清香笼罩时……都会在一瞬间记起那一年。

就是在那一年，我和高蓉成为朋友。

其实之前有七年我们一直同班，一起跳舞，一起出板报。但直到她父母离异，搬到我家附近很久后，才熟起来，她扎柔顺马尾，面容清秀至极。

那两年我与她一样，与母亲单独生活在一起。送奶奶走时，她给我一只翡翠的戒指，那是本来要在我结婚时给我的。我陪她站着等车，第一次明白什么叫做“心如刀割”。

我和高蓉从来不谈这个，只是有一天晚自习，有人在教室外叫她，她始终不抬头，不肯应声。最后终于出去了，回来后伏在桌上很久，然后写一张纸条给我——“是我爸”。我亦不懂安慰，只是难过着。

我们听同样的音乐，都在笔记本上抄席慕蓉的那些句子：“我相信 / 爱的本质一如生命的单纯与温柔……”

我们不牵手逛街，也不说私房话。只说将来成家后，一起织毛衣说家常，看小孩子一起长大。很多时候就沉默着，听陈乐融的《月光情书》。“今夜你过得好不好，月光……照完我这边的墙，又去照你那边的墙……”和着低低的海浪声，化掉十六岁的心。

同一个楼里的朋友渐渐多起来，搞笑的勇旦、飞飞、冬冬，还有爱踢球的小霍。一把吉他，几包杏梅糖，男孩子的烟。

我们有个好去处，翻过矮墙往右一拐，是个废弃的旧楼，楼梯扶手早朽掉了，楼前空地上长满荒草，春天会有大丛紫云英和细碎的蓝色小蝴蝶。

夏天我们就坐在楼梯上吃红豆冰，有时雨晴，下午的阳光破云而出，把院子染得一地金黄，人在那样的颜色里坐着，呼吸有些困难。

每天翻过操场矮墙回家时，满天红霞，我都不明白让我微笑的是什么，要在此之后很多年，才能重新明白，能放弃狭隘的一己之私，予人以温厚亲爱的情义，是幸福的唯一来源。

她此时正沉浸于爱情，和冬冬。那个有书卷气的男孩子。

冬冬比我们高一届，很快考上大学出去了，她不能忍受一个人沉浸在回忆中，于是退学，去一家很远的税务所上班，在信中她坦白写道："我终生愿寄居于这小城，不作其他幻想。"

留下我一人，走在下了晚自习的夜里，那样凉的月光，就像走在深水里一样。

高三了，功课压力紧张，不能想什么，也不能再那样看书、听音乐了。我已经不大去上课了，一个人走，路太长了。

有一天傍晚停电，我翻出旧磁带听。

在黄昏稠紫的暮色里，郑智化唱："突然忘了挥别的手，含着笑的两行泪，像一个绝望的孩子，独自站在悬崖边……"

不明所以地，我浑身抖颤。眼泪炙热地流下面颊。

那歌叫做《用我一辈子去忘记》。

人一点一点都散了，旧楼也要拆了，那里铲平后倒真成了一片悬崖。下雨的时候，站在那里，看着天一点一点黑下去，世界如同荒原。

文/柴静

有些人有些事，在完全懵懂的年纪，瞬间远离。当时没有太大感触，而回头想起，不可复制的好多好多记忆，真的是会想要用一辈子的时间去留住它，一辈子都不忘记。这是对人、对岁月的感恩，也是对生命的尊重。这文，这歌，这般细腻，如同深夜的电台，透彻清冷。想必那段生活给作者留下了很明显的烙印。

别样天使

一直很喜欢一句话：每个女孩子都是天使。但见到她的时候，我觉得，她不是。没有人知道她的名字，私下里大家叫她小许。她是我们女生六号楼的管理员。

小许应该不会超过三十岁吧，表情很冷漠，坐在那间有着宽大玻璃的小屋里，警惕地看着女孩们进进出出。

她很瘦很黑，五官也不好看，只是一个再普通不过的农村女子。她讲蹩脚的普通话，夹杂着浓重的乡音。宿舍一个女孩说她是四川人，是一个校领导的远房亲戚。

小许平时和整个宿舍楼的女孩都没有什么来往，只是制止她们试图把男生带进去或者在关门前喊几嗓子站在外面谈恋爱的人。除此，我们基本上是陌生的。她的工作还有打扫整栋楼的卫生。

后来我常常发现她在看书，不知道是什么书，但挺像那么回事的。

我一直不太喜欢她，我不喜欢不漂亮、不快乐甚至连朋友都没有的女子，后来甚至讨厌她了。因为有一次晚上和同宿舍的小夏出去逛街，回来晚了，她不给我们开门，任我们说了一大堆好话还是无动于衷。直到我们都说累了，她才把门打开，唬着一张脸，说我记住你们两个人的样子了，下不为例。

这样的女人，也真是。

可是，不喜欢一个人，却偏偏有的时候要直接面对她。

大一下学期我学会了逃课。那次也是，睡醒了的时候已经九点钟，爬起来端了脸盆去洗漱。打开门时，看到小许正吃力地把一袋子垃圾从卫生间里拖出来。六楼住的都是新生，还没有集体生活意识，总是把垃圾随便乱扔，尤其是洗漱室和卫生间。

我愣了一下，总还是有点心虚的，低着头从她身边绕了过去，却听到她在身后说："你怎么没有上课？"

还是那种带着杂质的普通话，听起来让人讨厌。

我说："我……"

她说："你是哪个系哪个班的？"

我有点慌了，不知道她问这么详细会做什么，情急之下看也不看她就撒了个谎："我感冒了，已经请过假了。"

"噢，"她应了一声，"那你好好休息吧，好了就去上课。"看着她终于把袋子拖了下去，我才舒出一口气，走进洗漱室。

收拾完毕喝了牛奶继续躺回床上时，听到外面传来敲门声。打开门看，竟然是小许，在三月依旧寒冷的天气里，她满头的汗。我说："您有什么事吗？"

她看了我一眼："感冒了别光着脚。"然后伸出手来，"这是感冒药。"放到我手里，转身离开了。

我站了好半天都没反应过来，太意外了。把门关上，纸袋里是最普通的那种白色的大药片。她哪里知道，即使我感冒了，也有妈妈给我准备的最好的感冒药。

但是那次以后，我不太想逃课了，因为不想听到她在楼道里拖垃圾袋子的声音，那么沉重，让人透不过气来。

我们那层楼的卫生一直没有改观，洗漱间到处是垃圾。有一天早上，我还没有起床，忽然听到一个女孩子喊：“快看，玫瑰花。”

不知道她为什么喊，一座宿舍楼几百个青春明媚的女生，有玫瑰花根本不再稀奇。但是起床后，我才知道她大惊小怪的原因，那朵玫瑰花，竟然插在洗漱室一只纯净的瓶子里。只有一枝，在角落里寂寞地开着。

真的很奇怪，谁会把玫瑰放在这儿呢？

从那以后，洗漱室的玫瑰花再也没有断过，总是在即将枯萎的时候有一枝新鲜的又开了起来。时间长了，没有人在意它的来处了，只是慢慢地，大家开始整理自己的垃圾，不再丢在公共场所。哪个女孩会当着玫瑰的面那样做呢？

而我，却忽然之间想明白了玫瑰花是谁放的。

终于有一天早上，我看到了轻轻走出洗漱室的那个灰蒙蒙的影子。在她之后，是一枝新鲜的玫瑰花。

那以后，对小许有了一种微妙的感情，并不是喜欢，但总是不经意地留意她。小许还是那样，每天冷冰冰的一张脸，不说话。

有一天我去她那儿领新的卫生工具，看到了她摊开在桌子上的书，我很吃惊，竟然是我们正在学的《大学英语》。

读到大三，多少算是学姐了，慢慢知道小许其实并不是谁的亲戚，只是来这座城市打工的一个四川女子，家境非常不好。一般管理员是不打扫卫生的，可是她什么都愿意做，然后攒了一些钱交了夜校的学费……

据说她来的时候只有十六岁，我不知道是哪一年，也不知道她现在的年龄。我依然没有喜欢上她，面对她的冷漠，心里却总有莫名的感动。

而后来的一件事，更是彻底改变了我对她的感觉。

和所有大学里的女孩一样，我在大二时开始恋爱，他叫非乐。我们很快乐地过了一年，一年后非乐喜欢上了另外一个女孩。

那天晚上在宿舍楼前，非乐来还我送他的一些东西，信、台灯、杯子还有其他零零碎碎的。他把它们装在一只盒子里给我。他说："心心，对不起。"

我的心忽然崩溃了，第一次喜欢一个人，我对他所有的感情，三个字就抵消了。我把盒子扔在地上，说："不要对我说对不起，我不会原谅你……"

我的声音很大，一楼的窗户陆陆续续打开了。

"心心你真傻，"他说，"都什么年代了……"

我放声大哭。在我开始哭的时候，忽然身后有个人扯我的衣服，说："别这样，宋心心。"

我回过头，看到小许站在身边。她看着我，"如果你已经把感情丢了，一定要把自尊留下，不能和你一起坚持的，对你来说一定不是最好的。"

然后她伸出手把非乐重新收拾了的盒子接过来，"你走吧，你配不上她。"

那一刻小许的话，每个字都说得非常清楚，口音纯正。她的声音在我耳边，像从天际传来，让我一点点清醒。而小许，已经把盒子递给我，转身走回了她那间小小的屋子。

那天晚上的事，谁都没有再提，我们没有为此成为朋友或有更深的交往。但这让我得以轻松地忘记了那段爱情。

直到毕业，离开学校也没有对她说一声谢谢，但她却以另外的一种方式走进了我的心。

毕业后有一次去参加一个大型人才交流会时，我竟然碰到了小许。她完全变成了另外的样子，穿职业套装，涂口红，剪流行的那种发式，依旧不漂亮，但那样青春那样光彩照人。我几乎没有认出她，如果不是她喊了我的名字。

这样相对，竟然无言，长时间地看着对方，我们开始微笑。

她放在一个台面上的简历中，我看到了和我一模一样的学历证书，英语六级证书和报关员证的复印件，还有她的出生年月，比我小了二十天。

然后我看到了那三个字：许笑然，一个非常美好的名字。

那一刻我忽然明白，原来那句话没有错，每个女孩子都是天使，而许笑然，是另外一个，或许她没有天使的容貌和羽翼，但她同样可以飞翔，同样的自由美丽。

文/宁子

生活中，每个人都会有“折翼”的时候，这时一定要有坚强和勇气。有“山重水复疑无路”的迷茫，才会有“柳暗花明又一村”的喜悦。当久雨初晴，云雨俱散时，蓦然回首，才知道得来的一切是弥足珍贵的。梦想，可以影响一切。文中的“别样天使”，还在继续寻梦的路上。让我们也与梦想有一个约定，即使最终折翼，也要微笑着走到尽头。不要怨天尤人，只要用心飞翔，再大的阻碍也是渺小的。

平流层的小樱桃

十年前的春天是我们最美好的时光，我亲爱的小樱桃。明媚的阳光里翻涌着所有奇迹的可能，至少对于十六岁的人来说是。

你坐在学校体育馆的看台上，眼睛亮亮的，整个人像是饱满的水果，我们都嘲笑你有天使面孔和天使身材，新鲜，晶莹，嘴唇和脸颊都鼓鼓的。为赛场上的男孩子们加油的声音轻而易举就穿透了广阔的篮球场，好听得要命。

我知道那个时候的你在悄悄地注视着谁，虽然你从来都没有提起过，但我就是知道。你所有的事情，我都知道，我的小樱桃。

“你说十年以后的我们在干什么呢？我们在什么地方啊？”你转过头，用你一贯无辜的眼神看着我。

“我——我想到欧洲去。”我撕开手里的雪糕纸，认真地咬了一口。

“要死啊，”你打我一下，“你去那么远，我怎么办？”

“那时候你一定有老公了啊，白痴，十年以后，我们都二十六了。”我瞪你。

“二十六，我想象不出来是什么样子，那么老——要死喽——”你出神地托着腮。

那时候我们都活在平流层里，这个世界的大多数人活在对流层，那里离地面最近，所有的风、霜、雾、雪、雨，都发生在那里。那里的人们疲于应付各种各样的气流，渐渐地，面对着大同小异的气流变化，养成了不同的感情和表达的方式。他们像所有人那样，该高兴的时候笑，该悲伤的时候哭，该愤怒的时候睁大眼睛挥拳头，然后慢慢忘记他们原本可以站在一个更高的地方，观察这把人变得卑微的生活。

我们自认为我们是不同的，我们是平流层的人。我们的心居住在一个刚好比对流层高的地方，那里万里无云，那里的空气浩浩荡荡长驱直入，那里没有那么多的天气变化，所以我们可以用安宁的、不那么丰富的表情来应对所有的喜怒哀乐，所以我们可以用一些沉默的方法，表达我们对世界的依恋和失望。最重要的是：平流层是飞机飞翔的地方。亲爱的，我们平流层的居民，每时每刻都能迎接代表理想的飞翔，代表光芒的远行。

小樱桃，我最近常常想，是不是我们的友谊害了你呢。这些天来，每个人都要我来劝你。这些年来，每个人都希望我来提醒你现实世界的法则。这些人真残忍。他们告诉我说："你说话她说不定会听的，反正谁都说不动她了。"可是我忘不了那个时候，是你非常坚定地对我说："去他的名牌大学，去他的白领，你该写作。"——只有你。你说我们要代替彼此，做到对方做不到的事情。

那么现在，真的轮到我对你说不要那么执迷不悟了吗？亲爱的，你是我的红艳艳的小樱桃，我是那块永远托着你的梦的蛋糕。我的奶油给你身处云端的错觉，你的晶莹提醒我所有的忍耐和包容都是理所当然的。我总是在想，是不是那些遥远的日子里，我的固执给了你错误的提示，是不是在那些身处平流层的岁月里，我一跤又一跤地摔，让在我身边的你产生了某种在疼痛中完成自己的信念。你知道我在说什么，只有你明白。

小樱桃，你一直都在鼓励我坚持，所以我也没有资格要你放弃。我只是想告诉你，这些年来，我越来越害怕面对你。时光仿佛在你的脸庞上停顿了，你依然是十几岁时的模样，陌生人都不再相信你我其实同龄。你在所有的迷茫、挫败跟伤痛里，坚强地做那个过去的小樱桃。

我们曾经居住在平流层的人有个可恨的弱点：不习惯跟身边的人表达感情。你从来不让我看见你的软弱和无助，所以我也从来都觉得，给你安慰或者拥抱是可耻的。从什么时候起我们打电话总是谈论天气和娱乐八卦？从什么时候起连你我之间说话都必须小心翼翼？小樱桃，你还记得上一次我看见你的眼泪是什么时候吗？对不起，我已经忘记了。

其实我想要告诉你，我在几年前的初夏，看见了真正的樱桃树。那时候我在那个河谷小城市里，为了赚旅行的钱，去给人家带了半年小孩。那家人有一个很美的花园，我在那片葱茏中看见了挂满樱桃的树。我，孩子，还有小狗，我们一起坐在那棵树下面。

我摘下饱满美丽的樱桃，掰开，把核弄出来，再喂给孩子吃。她还不会说话，只会开心地冲我挥动着小手表示欣喜，唇边带着新鲜的汁液——那时我突然想起了你，亲爱的，我在一片突如其来的悲凉中想起了你。我来到了十六岁那年我想来的地方，可是我也不记得什么时候，我离开了我的平流层。我去了对流层，亲爱的，我把你一个人留在我们曾经的家了。

我一直羞于承认这个。我不知道这一切是怎么发生的。也许是在我第一次远行的航班起飞的瞬间，我就一点一点毫无知觉地开始下滑。在对流层里经历了所有人都会经历的事情，对流层里的活色生香、泥沙俱下，就像一个混乱的大Party。

不知道哪一次一个淘气的孩子的小手弄乱了我的奶油；不记得什么时候，我被什么人拿起来咬了一大口，痛得天昏地暗之际，不知道自己为什么又被放下了；奶油下面覆盖的松软羞涩的蛋糕，被一把闪着寒光的叉子戳得乱七八糟，巧克力做成的花朵早就丢失了，我想不起来上一次看见她是什么时候。

我想说的是，亲爱的，我早已面目全非。我的心躲在盘杯狼藉中悄悄地注视着不远处的你。你孤零零地躺在银色的盘子里，身上沾着一丝丝奶油的白色，你不知道我其实已经身在一个并不遥远但是截然不同的地方。你固执地鲜艳着，用你那一贯的无邪的眼神。

小樱桃，我不是故意要丢下你的。我不是故意的。

我只想要你记得，我比所有人都明白你，我比所有人都珍惜你的渴望。我不劝你任何事，我知道你最大的困扰只不过是因为你不愿意离开我们的平流层。如果我告诉你，我已经偷偷离开了，这对你有用吗？

在这个十年以后的春天，我只想紧紧地拥抱你，风尘仆仆的蛋糕，和满脸困扰的小樱桃。我千疮百孔的心里总有一个地方是属于你的，是用来安放晶莹的你的。虽然这世界上的确存在时过境迁这回事，但是亲爱的，让我们勇敢一点，让我带你到对流层去，所有的寒冷最终还是会蒸发，所有的失去最终是为了获得。

小樱桃，我一直都坚持相信，我总有一天会重新回到平流层去，我们总有一天会重新回去。我在那里像孩子一般，单纯而欣喜地为了迎面而来的飞机欢呼。那是因为我们知道我们自己也洞悉了关于飞翔的秘密。我们终究会在那里热情洋溢地对所有人微笑，告诉他们，欢迎来到平流层。

文/笛安

总以为青春不会消逝，总以为我们不会老，原来并非如此。太多的人，过早地进入了社会，过早地进入了成熟期，甚至可以说，还没有经历青春就直接跳跃到了成熟。满脸的沧桑经历了多少社会的历练？满口的模式语言经历了多少的世事？也许现在的你变得圆滑、世俗。性格，从正方形一点点磨去棱角，变成圆的。其中的痛楚，只有自己才能体会。然而，生活仍要继续，所以乐观、勇气，这些辞藻不能少。青春太短，岁月无情，即使你现在为世俗所困扰，相信在绝望的最深处，会有个声音告诉你：你，是独一无二的自己，不管你正经历着什么样的生活。

我是否错过了一杯咖啡

上高中的第一天，程锦认识了同桌王雨潇。

她话少，安静得似乎可以被遗忘。但其实，见了她一眼的人，总会忍不住看第二眼。王雨潇算不上特别美，只是体形小巧瘦弱，皮肤白皙光洁，也许是因为鼻子不太挺的缘故，程锦觉得她的那双大眼睛显得又好看又不敢逼视。他想：难怪她那么沉默寡言，一双水灵灵的含露目已经替她说话了。

一个晚自习，王雨潇本来在一张纸上写写涂涂，不知道写的是歌词还是诗句。写着写着，她将那一张纸撕成碎片，然后捧在手心上，问程锦："哎，你猜，有多少张？"

程锦当时脱口而出："一百零八张。"

王雨潇笑了，不常笑的人笑起来尤其好看，她说："回答正确！"

"啊？"程锦觉得不可思议。

王雨潇却已经把纸片扔进了垃圾桶，说："这个问题的真正答案不是那些纸片有多少张，而是你愿意陪我玩这个无聊的游戏，我也没数过，所以你说多少就是多少咯。"

真是个奇奇怪怪又可爱的女生，程锦心里偷偷乐着，继续看《水浒传》。

也许这次的游戏就像是一种考核，程锦幸运地通过了，两人的话也开始多了起来，但程锦依然很少见到王雨潇的笑容。

一个周末，程锦在和哥们打球，接到了王雨潇的电话。她语气平淡，说自己迷路了。程锦飞快到达了她说的那家超市，然后打给她："你在超市里面还是外面？"

"我在出口的地方。"

"这个超市有好几个出口，你在哪一个？"

王雨潇说："我不知道。"

是啊，在超市迷路的女孩，又怎么会知道自己在哪个出口。

程锦说："好，你别动，我一个一个出口找。"

不一会儿，程锦就看见了那个瘦小的身影，她立在那里，真的没有移动步子，只有眼神在搜寻着。

碰上程锦的视线，她笑了。

她的样子并不像一个迷路者看到来救助她的人，而像和朋友玩躲猫猫游戏被发现了。王雨潇就是这么一个几乎没有任何方向感的人，但她却从来没产生过卑微感。

程锦送她回家，转街入巷，王雨潇停住脚步："前面就到我家了，谢谢你，再见。"

王雨潇的背影在程锦视线里越来越瘦小，他觉得这样的女孩子，天生就是要人保护和怜惜的。他便习惯了送王雨潇回家，也习惯了在转街入巷的拐角处目送她的背影。课间，一个女生问："程锦啊，你跟王雨潇什么关系啊，老送她回家！"

"好朋友啊。"程锦回答。

"哼，就她那自命清高，眼睛长在额头上的人，会把你当好朋友看吗？我看你别一厢情愿了，跟我们一起玩吧。"

“王雨潇不是你说的那样。”

“好，你说你们是好朋友，你去她家玩过吗？你知道她们家有哪些人吗……”她突然没了声音，走到自己座位去了，程锦这才看到王雨潇走了过来。

又一次送王雨潇回家。

转街入巷的拐角处，王雨潇没有开口说再见，只是定住了脚步。

程锦是从来不会猜测女孩子心思的，尤其是像王雨潇这样的女生，心思就更难琢磨了。更何况王雨潇现在背对着他，连表情都看不到。但程锦可以肯定的是，王雨潇是不可能主动开口邀请他去自己家里玩的，哪怕人人都觉得是很自然很随意的事，她觉得是一种矜持，就是一种矜持。

“我，好像错过了什么？”程锦打破空气中的沉默因子。

“哦？是什么？”王雨潇回过头来。

“也许，是一杯咖啡。”

王雨潇笑了：“我妈妈煮的咖啡特别棒，你想尝尝吗？”

两人并排走着，愉快地谈天说地。

程锦一直都知道，这个女生，靠近的时候，并不像她的背影那么清冷。

文/吴楠

人与人之间的情感就是这样的微妙。你内心期待对方能迈出第一步，而对方也一直期待你迈出第一步。有的时候，我们只需要主动踏出一步，两人的关系便会“进一步海阔天空”。真正的朋友应该能够彼此欣赏、彼此真诚、彼此信任、彼此理解以及彼此宽容！不需要太多的人懂，只要你懂就好。

我的兄弟廖俊杰

我内心第一次感觉到血气澎湃的男性友谊。

到了下午五点钟，天光还亮得像正午一样，我们全班都还留在学校里，心不甘情不愿地上着辅导课，但是老师并没有忘记一位特别的学生，他把粉笔捏在手心里，指着坐在我前座的小孩：“廖俊杰，你要准备了。”

廖服从地点点头，站了起来，从抽屉拿出外套、雨衣、雨靴，甚至还有手套，一件一件穿了上去。在这样的热天里，他包裹得像个粽子似的，手上还拿着一个巨大的手电筒，好像要进入深山一样。他的家要越过学校后面的一座山，走一个半钟头的山路才能到达。这时候是夏天，他得五点钟离开学校，赶在天全黑以前回到家，山路上是完全没有灯光的，他家里也没有自来水和电力，这是他带着大型手电筒的原因。

廖坐在我前面，他的功课不太好，常常上课时会回过头来问我问题，害得我有时候会和他一起因为上课说话被罚站或罚跪，手心吃藤条竹鞭也是常有的事。他家里没有电，晚上在家没办法写作业，他总是早上第一个到学校，第二个到达学校的学生常常是我，我并不是用功，我是为了捉清晨的大头蜻蜓而提早来到学校。这时候，廖就会问我功课该怎么做，他是我最要好的朋友，虽然有点笨，我总是不厌其烦地帮他把功课做好，并且分给他几只大头蜻蜓。

廖的家里种植果树（台湾人称为“种山”）。夏天来了，总是某一天，他会把书包翻过来，掏出一堆梨子，说：“这个给你。”顺应季节的变化，还会有梅子、李子、桃子、枣子、枇杷、香蕉、橘子、番石榴，以及我们两个人都最爱的芒果。

他每一天要背一个大书包和两个饭盒，还有穿越树林的全副武装，重量已经不轻，但他还是常常再背上沉沉一袋水果给我，多得好像不知道数量和重量。我还能说什么？他真的是我的兄弟，我应该教他更多功课，不要让他常常被老师打，站在他这边，不让其他同学或女生嘲笑他。我们已经小学五年级了，我内心第一次感觉到血气澎湃的男性友谊。

春天里的一天，廖突然对我说：“礼拜天要不要到我家玩？”

我想象穿过树林和越过山头的遥远地方，不知道那种滋味是怎么样的，我感到有些兴奋，但也只是淡淡回答：“好呀。”

他认真想了一会儿，说：“那天早上七点钟，我到学校来接你。”这表示他五点多钟就得从家里出门，也意味着他得一口气走两趟山路。

我也点点头，没说什么。星期天到了，我找了一个借口溜出家门，七点钟来到学校。

不一会儿，廖来了。我们一片林子、一片林子穿过去，到他家的时候已经快中午了。房子是低矮的土厝，屋外堆满了木柴。我们在屋外看到他的父亲，正埋头修理一张竹椅，廖走上前，嗫嚅说：“同学，来家里玩。”廖的父亲抬起头，眼睛看了我一眼，仿佛什么事也不曾发生，说：“带他去吃饭。”

我们两个人如获大赦，廖带我穿到屋子后方的厨房，热腾腾的菜饭已经摆在餐桌上，他用海碗装了两碗饭，搛了一大堆菜放在饭上面，我们就端着海碗到屋后的树林里吃。我们坐在石头上，廖家养的鸡、鸭和火鸡就在我们旁边走来走去。菜很香，有笋子，有高丽菜，有韭菜花，还有豆干，走了一早上山路，我们都饿了。

廖说种山不好做，父亲种了很多年都赔钱，想要到南部养鸭子，可能不久就会决定。我意识到这可能是我们最后一次这样相处，以后我们会再难相见，眼睛突然就热胀起来。

文/詹宏志

人海茫茫，有几个相遇的能称作兄弟？当所有人都在关注你飞得高不高时，只有兄弟关心你飞得累不累。朋友不一定要时时时时刻刻在一起，真正的友谊不会因离别而断隔。一句“兄弟保重”，就已经道尽了所有的千言万语。但愿，在金色的秋季，友谊之树上将垂下丰硕的果子。

第五辑　一转身就是一辈子

几经风雨，你才恍然醒悟，原来一生寻找的真爱，其实都已在你身边出现过，在你生命中浮沉过，可惜你没有发现、没有抓住、没有看透，年轻的时光浪费了，生命有了遗憾。这就是年轻吧？这就是成长吧？总是在千帆过尽的时候，才遇到那只对的船；总是在错过人生至爱后，才最终遇到那个对的人。

爱情悲伤沉没

多年后，我站在晚秋清凉的斜阳余晖里，一个人默默地为自己过生日。回想十八岁生日那个斜风细雨的下午，觉得一切恍若隔世。

十八岁的我曾固执地认为那是一个上苍安排的不寻常日子，那一天我认识了安静。那个日子在以后无数的追忆和演绎中充满了浪漫感伤的情调。无论我将自己刻画得如何悲伤动人，多年后看过去，都只不过是个不背吉他的流浪歌手，有着普通男孩晴空一样的眼白和扑朔迷离的心事。

故事其实也是在秋天开始的。多年以后，我仍然坚持认为，秋天是最适合爱情生长的季节，我所有同女孩交往的美好回忆都发生在这个季节。或许是萧瑟凄凉的季节使得人们对温暖和爱格外的敏感和向往。我们的故事和人们从电影与小说里领略的经典的少年爱情故事大同小异，但对当事人来说，十八岁的经历永远是独一无二的，就像青草的气息，孤帆远影之后，依然清新，那真是些洒满阳光的日子啊！对方的每一个细微的动作，每一个微妙的眼神，都能引起自己心底持久的战栗。在不上课的日子里，我们骑着单车跑遍了城市的所有拐角，发现郊外所有被忽视了的风景。夏天在骄阳似火的旱冰场上洗汗水浴，冬天瑟瑟发抖地啃冰淇凌。我们像喝醉了酒一样长久地互相凝视着，无缘无故地傻笑或者流泪，但也就在那时，我的心里总充满了莫名的恐惧，总觉得自己像是做错了什么，而且，我隐隐感觉到，这一切是不会长久的。我常常在梦醒时分孤独地想象安静与我分离的场景，一次次地泪湿枕巾。我也经常在树阴掩映下，久久注视着操场边安静在花台上寻找幸运草的身影，久久注视着，久久地看着。我曾和着她的口琴，在春光明媚的日子里将张学友的一首《一路上有你》唱得愁肠百结，令人心醉。“就算这辈子注定要和你分离”，难道那时我已经感到了分离的不可避免了吗？

故事的结局也是陈旧不堪的，其间涉及到校长、班主任、双方家长等等善良的人。这段感情开始有长长的铺垫，结束时却是很迅速。她被她妈妈强迫转入了另外一所学校，我大病一场。在很长一段时间里，我几乎不能看见我们走过的任何一条大街小巷，不能听我们一起唱过的每一首歌，不能看见、听见一切与她有关的东西。

感谢上苍，那段蜗牛一样的日子终于一点点爬过去了。戏剧性的是，我们分别进入了中央民族大学和云南民族学院一北一南两所民族大学，当然这过后，她再无音讯。大学以它温暖宽容的怀抱接纳了我，我又结识了新的同学和朋友，其中不乏清纯亮丽的女孩子。初恋带给我的隐痛渐渐退去，但在落花的日子，某一段熟悉的旋律会突然在我耳边响起，似断似续，若有若无。冷得厉害时也会想起她，晚自习后去吃碗滚烫的面条，和北国女孩子热情寒暄。这时我站在校园冰凉的秋夜里，往事深深浅浅，落花飘飘扬扬。

终于有一天，又一个善良的女孩子心疼地一把揽我入怀。那一夜我的泪水长流，我紧紧地抱着她，我感到快乐，快乐里又有隐隐的忧伤。

日子像一阵灰尘般无声地飞走，转眼五年过去了。在一个陌生的城市，一条陌生的街道上，我突地发现了一双似曾相识的眼睛。我呆呆地望着她，她呆呆地望着我，喧嚣的人群慢慢隐去，时间刷刷地倒流，我又回到了五年前的那个下午，十八岁的我推开教室的门，猝不及防地遭遇一双清澈美丽如花的眼睛。

这双眼睛在定定地看着我，时间在那里沉淀了一些我不熟悉的东西。我们互相凝望着，像喝醉了酒一样，然后几乎同时微笑了。这微笑使我又回到了五年后的今天，这是怎样成熟而遥远的微笑啊！

意外的重逢使我在这个陌生的城市逗留了两天。我们几乎没有说什么话，只是又走遍了城市的大街小巷，发现她生活了两年还没有发现的有趣和无趣的东西。最后一个晚上我们去看了一场电影。五年前我们曾做贼似的看过电影《日本沉没》，两场电影之间是五年的岁月。这是一场叫做《爱情沉没》的电影，青梅竹马的男女主人公重逢时已各自拥有美满的家庭，她在一个怅然的黎明送他远行。银幕上闪出他们少年时嬉戏的情景，我隐隐感觉到她的眼泪流下来后，一直流着，并且再也擦不干。黑暗中我伸一只手给她，轻轻地牵着她走出了伤感得几乎不真实的电影院。

外面是灿烂灼人的阳光，电影院里泛黄的默契像冰淇凌一样在阳光下慢慢溶化，溶化成五年无法把握的时光。我们握在一起的手松开了，我的心里充满无法言传的悲伤。我们相识得太早，重逢得太迟，时光真的已经逝去，连爱情都已悲伤地沉没了。

文/豆子

人总是贪心的，常常忽视身边的幸福，去追寻那不属于自己的东西。当年的错过导致现在的耿耿于怀，心里有着太多的遗憾。五年了，过去是回不去的，未来是不确定的。如果双方没有拥有各自的感情，也许会简单得多，但现在牵扯的实在是太多。既然缘份已经错过，不如把它淡淡地放在心底的某个角落，多年后回头看时，只有回忆却无悔恨。

黄蓉在第957天离开

高中时，我漂亮，学习也好。这样的女生通常飞扬跋扈。

同桌李小涛是个学习一般的男生。我们都喜欢看武侠书。我还千辛万苦让父亲帮我在家里系了个沙袋，每天对准它打，打到手上有了微微的血痕，便跑去学校让李小涛看。李小涛看后无限崇拜地说："黄姑娘，你真行。"李小涛叫我黄姑娘，放任我的刁钻古怪，并称之为冰雪聪明。

自习课，我说坐久了脚累，便把他的书包放在脚下当垫子。放学时，他从地上捡起书包，边拍上面的灰，边冲我笑。我不喜欢他跟别的女生说话，只要看到，就会在他坐回座位时，偷偷打他一拳。他就撑不住地咧着嘴说："黄姑娘，你的功力竟又长了几分呢。"

从小到大，没有一个人像他那样纵容我。

那时，我喜欢的人是班长彭海。我说彭海很像桃花岛上的黄药师，李小涛听了，笑笑，朝彭海的背影做鬼脸。我"咚"地打了他一拳，他咧了半天嘴，眼圈突然红了。

我开始每晚电话骚扰李小涛，让他给我出主意，怎么才能接近彭海。当时彭海的同桌是我的好朋友白蓝，白蓝愿意与我对调，但我觉得那样太不掩人耳目。

一天晚自习后，我对李小涛说：“咱俩假装闹翻吧，那样白蓝就可以名正言顺地与我换了。”李小涛闷闷地走路，影子在路灯下拉长然后缩短。“听到没？”我朝他后背捶了一拳，“咚”的声响在夜色中左冲右蹿。李小涛像从梦中惊醒一样，踢了一脚地上的石子，突然撒腿跑了。

第二天早自习，我怎么跟他说话他都不理。我愤怒了，李小涛这个名字就代表了百依百顺，如果不这样，那就是对朋友的背叛。

那天，我的拳头落在李小涛的后背上发出的声响特别巨大。全班同学都扭过头来看我们。李小涛没有像往常那样装笑，而是突然涨红脸站了起来，边挽袖子边说：“我忍你很久了。”我本能地捂着头趴在课桌上尖叫。

彭海走过来挡住了李小涛，白蓝趁机要求与我调换座位。在我仓皇收拾书本准备搬家时，李小涛递过来一支钢笔，我记不清这是哪次他向我借的了，便把它狠狠地塞进书包，算是恩断义绝。

与彭海同桌后，我才知道与偶像坐在一起是多么压抑的事情。彭海知道我打沙袋后，像我爸那样严肃地说：“时间不多了，学习是第一位的。”在彭海面前，我沉寂，变得不像自己。因为想念而特别悲伤的夜晚，给彭海打电话，说不到三句，他便说：“好好复习，争取考上理想的大学。”然后砰地挂断电话。电话断掉的嘟嘟声如此刺耳和陌生。这才恍然想起，与李小涛同桌近三年，每次通电话他都要我先挂掉。

怀念与李小涛同桌时的被宠和自由时，我们已经不说话了。高考前的一个月，李小涛突然很少来上课。然后某一天，老师说李小涛不来上学了，准备去新疆当兵，因为他父亲患肺癌去世了，家里无法供他读大学。那天放学，大家一起去李小涛家探望。原本很瘦的他更瘦了，想想以后再也没人叫我黄蓉，我那被他称为很硬的拳头也再无用武之地，有种什么东西失去后不会再来的心痛。

白蓝悄悄说："你应该主动跟他和好，你总欺负他来着。"可我犟着，不开口。最终我们都没有开口。

高考后，我在书包的夹层里，摸到一件硬硬的东西，是李小涛与我吵架那天丢过来的钢笔。那是一支通体黑色的钢笔，八成新。在笔尖上端的笔体上，刻着很细的字——"1996年9月2日~1999年4月16日"。细想了一刻，我的心突然怦怦狂跳起来，这正是我们同桌的第一天和最后一天，也就是说，李小涛那天与我吵架是有预谋的，他想帮我坐到彭海身边。

1999年夏天过后，我不再习武，也不再是黄蓉。原来，黄蓉只有在郭靖面前才是真正的黄蓉，魅力四射，妙语连珠。这是我重读《射雕英雄传》才明白的事情。

两个人的青春，糊里糊涂地错过了，便糊里糊涂地永远黏在了一起，如那一年，我的李小涛与我的沙袋。

文/艾小羊

那些散落在青春盛夏的感情总是如此绚烂，无论甜蜜还是酸楚，如人饮水，冷暖自知。可是总有一天，我们都要长大，都要和青春说再见，都要面对离别和失去，都要学会坚持、学会选择、学会放弃。会有很多疼痛，很多无奈，但这就是现实，这就是生活。这一生，我们彼此错过了一步，便注定错过一生，已然分不清，你是友情，还是错过的爱情。

那时喜欢你

那时喜欢你，倘若不去究竟后来，这喜欢，是一件精致的瓷器，在素手上捧玩，是万千个好了。或者，是未落尘埃的一袭锦绣，上面红花绿叶，彩蝶翩翩，是明朗喜人的欢啊。

张爱玲和胡兰成是注定有一场“喜欢”的。在旧上海，她人生锦年露锋芒，可想而知，年龄与阅历相仿的男子，她怎会轻易瞧上眼！写字的女子，一般多少都是有点早熟的，看人看事，难免通透。一般男子的那点动作，想必她一定是俯视作小儿戏罢，甚是不屑的。直待遇见胡兰成，他的年龄、阅历、才识压一压，她的孤绝、骄傲、高处不胜寒的寂寞才作了罢。

至于胡兰成，只在纸上，便读出张爱玲的好来，这之后的喜欢就不消说了。那年，胡兰成在《天地》杂志上读到张爱玲的《封锁》，文章中的见识已令他惊奇，不久《天地》杂志上又登载了张爱玲的照片，胡兰成看了照片，这一次，已是感叹：世上但凡有一句话，一件事，是关于张爱玲的，便皆成为好。于胡，这纸上的一见，恰似旧时的王孙公子在朋友家的院子里，隔着镂空的花墙，看见一袭迤逦而去的倩影。虽未端详那黛眉桃腮，单是这曳地的红裙、这袅娜的腰身已叫人流连了。所以，民间的戏曲里，唐伯虎为进华府求秋香，不惜卖身为华府的家庭教师，都可以理解了。这厢，胡兰成的戏略作改动，他跑到杂志社要来张爱玲的地址，急匆匆求见，未成，往张的门缝里塞纸条。直到两个人终于握手言欢，终朝语不歇。那是怎样的喜欢啊！没有掺夹一般小民的烟火与琐碎，有的只是两个才子的高蹈与精致。他们谈文学，品瓷器。直至在那一个黄昏的阳台上，他忽然感慨说：时局要变，来日将会有大难……汉乐府里有，来日大难，口干舌燥，今日相乐，皆当喜欢。她说：你，你这个人呵，我恨不得把你包包起，像个香袋儿，密密的针线缝缝好，放在衣箱里藏藏好。这样的喜欢！得了！

但是，再好的瓷器，捧玩久了，也有情疏的时候。所以爱好收藏古董的人，常常要着一个尴尬的手法：当再遇一件新的瓷器或古画啊什么的，求而无法得时，便常拿着手里捧玩久了的藏品去换人家的古董。这换中，有心疼，有惊喜，但很快，喜悦便盖过了心疼。所以，后来胡兰成在为汪伪政府服务的辗转中，认识了护士小周；再后来，汪伪政府垮台，胡兰成去温州乡下避难，身边新添的女人是秀美。爱玲于他，想必只是“那时的喜欢”了，如今已经放手。

终于一件精致的瓷器半空里落下，青天白日里的一声响亮，铿然作玉碎声。张爱玲给胡兰成写信：我已经不喜欢你了，你是早已经不喜欢我的了……这就是后来，后来就是“不喜欢”。但是，毕竟那时喜欢过，所以，随信她最后给他寄去一笔巨款。我想，不只是为他，更多是为了安慰自己的内心吧，是不想负了自己当初的一场喜欢。在女子，这动作颇似京剧舞台上踩着锣鼓声的那最后一个回头亮相，有铿锵之美。

曾经，以为喜欢一个人，就是一辈子的喜欢，是无期的温柔的徒刑。其实，并非如此。爱情像一个电磁场，在这磁场里，一个是获得磁性的磁铁，一个是不顾一切追随的小钉。但是，一旦电源断掉，铁是铁，钉是钉，之间的故事大约也只能停留在“那时喜欢你”这个点上了。

郑少秋和肥肥沈殿霞，当年他们被人捧为女才郎貌，却也恩爱。只是，后来到底散了，肥肥一人抚养女儿。曾经在一个电视节目访谈里，主角是这当年红遍银屏的一对人，回首往昔风云，肥肥问秋官：究竟十几年前，你有没有真真正正爱过我？秋官答：有，我好中意你！肥肥感动，后来流下泪来。是啊，即便后来不爱，我们谁能否认，那时，喜欢过一个人呢？

因为那时喜欢你，所以即便后来，瓷器玉碎，锦绣蒙尘，张爱玲临末了还汇一笔巨款给胡兰成，郑少秋才会当着全国观众的面，毫不讳言自己当年对肥肥的喜欢。我想，不只是为对方，更多是给自己的心灵最后一个真诚的交待吧！

时光如箭，若能在将暮未暮的年龄里，在街角，得遇旧人；若还温柔得可以相对坐下，可以共享一壶茶的温暖，我会迎着袅袅升腾的水汽，望过去，说：那时喜欢你！是的，我那时真的真的，好喜欢你！

文/许冬林

童话故事中，王子永远只爱公主一个人，因为这是童话，要保留纯净。现实是，公主和王子慢慢长大，两人渐行渐远。城堡已经凋敝，粉红的玫瑰早已开始败色。当曾经珍爱如生命的人即将相逢陌路时，才恍然大悟：原来曾经以为的天长地久，其实不过是萍水相逢。曾经以为可以这样牵着手走下去，可到放手了才明白，一切不过是两条平行线偶然的相交，当一切都烟消云散，平行的依旧平行，即使相隔不远，也已是各自奔天涯。

年轻时错过的那些人

年轻的时候，在寻找爱情的路上，谁没有错过一个人？

风华正茂，初恋时你不懂爱情，你以为爱情就是喜欢一个人，那个人也会喜欢你。但是，你忽略了，你喜欢的那个人，她为什么要喜欢你？你总得有一些资本，总得有一些优势，总得有一些让她迷恋的东西，总得有一点情趣。但是，你没有这些，于是，你失去了这个人，无论你那时候多么的痴迷，多么的真挚，多么的迁就，你最终还是会失去她。

后来，你又喜欢了一个人，她不是你的知心人，你却觉得她是。你看到了她回首的风情，看到了她独行的孤独，也看到了她的浪漫，你觉得她是别致的、与众不同的、超脱的，你想，要能和那样的人恋爱，该是怎样的愉悦。但你忽略了她风情背后的虚荣、独行背后的繁华、独特之后的凡俗，你看到的只是她的表面，或者说，你看到的，只是千万分之一的她，而真正的她，你永远都不曾真正了解。当你了解之后，当你发现她的另一面之后，你才发现，你和她，原本就是两条轨道上的人，不会有交集，于是，你明智地放弃了这个人。

同样是年轻的时候，你还错过了一些很好的女孩，比如，那个在非典时期和你吃饭的人，那个可以陪你聊一个下午的人，那个永远那么安静、那么温婉、那么善解人意的人，那个陪你散步的人，那个热爱你文字的人，那个懂得你寂寞的人，你也曾经想过，如果与这样的女子牵手，会让你的心安稳。可是，你的内心，还不懂得珍惜，比起这些平凡的邻家女孩，你还是更向往那种风雅的美丽女子，你喜欢她们展现的笑容、她们的风姿，觉得那才是你要的，你的心中，有一种少年的张扬与梦幻、轻浮与虚荣。

你长了一颗不安分的心，这注定你要在情路上四处漂流。

后来，你又遇到个女子，有着梅艳芳一样的豪气。你一无所有，她仍看重你、欣赏你，对你关心又依恋，让你有种天长地久的安稳，与她在一起，你会觉得，就这样一生一世多么好。但是，你的心偏偏不安于现实，你不想窝在某个小城，不想被世人遗忘，不想一生都躲在幽僻的一隅。你觉得她不懂文学，无法与你做心灵的沟通。你说，你要去远方，于是，你就真的走了。当所有人都将你淡忘的时候，她却一直记得你；当所有人都觉得你是怪物的时候，她却依然看重你。你在，她欢迎；你走，她祝福。世间很少这样的女子了，不贪名利，不流世俗，一心一意，而你却错过了，这真是遗憾的事，但你追逐完美的心，不曾留意。

你还记得你错过的那些女孩吗？你们有缘相识，却又擦肩而过。年轻的心，总是追求完美，总想着，下一站，会遇到最好的。于是，情路坎坷，你错过了最美丽的季节，成了“剩斗士”。

几经风雨，你的心终于成熟了，你才发现，你真正要找的，就是一个能居家过日子的女子，就是一个让你的心安静下来的女子，就是一个可以陪你散步听你倾诉烦恼的女子，就是一个不贪名利愿与你同甘共苦的女子，或者，只是一个爱你的女子……但是，当年，你轻易错过的那个安静的女孩、那个让人温暖的女子、那个豪气的女人……不都是值得你追求的吗？你才恍然发现，原来你一生寻找的真爱，其实都已在你身边出现过，都已在你的生命中浮沉过，可惜，你没有发现、没有抓住、没有看明白，年轻的时光浪费了，你的生命有了遗憾。

若干年后的若干年，很幸运，你的爱情终于尘埃落定。你所娶的女子，不喜欢与你谈文学，不爱那些风花雪月，她的纯净与平凡，一如你年轻时所遇的那些女子，她给了你最向往的生活，纵然青春流逝，请你一定要好好珍惜。总是在错过之后才明白，这就是年轻吧？这就是成长吧？

总是在千帆过尽的时候，才遇到那只对的船；总是在错过人生至爱后，才最终遇到那个最对的人。

文/陈保才

年轻时的故事，快乐或悲伤都好。年轻时的选择，与对错无关。那些我们年轻时错过的人，错过的事，都因错过，在岁月中泛出迷人的光芒。

年少茉莉淡淡香

缱绻春光里，总不忘折几枝茉莉插于花盆中，细土薄肥，清水朝露，就那样小心翼翼地侍弄着。当白玉珠玑般的花蕾在油光光的绿叶中乍然跃出时，欢喜就在那芳香的昼夜，翩然入怀。

已经不记得是十几岁的时候了，那天早自习因贪睡落了单，晨曦若明还暗，白桦树在风中哗哗作响，正胆战心惊出了家门，却突然听见他喊我的名字——直到那天才知道，原来他总是骑着单车跟在我后面的不远处，无论上学还是放学，他都固守着简单而含蓄的方式。正是那天，我也简单而含蓄地走近了他。我坐在单车的后面，风在耳边呼呼作响，他白色的衬衫不时地扑在我的脸上，我们肆意谈论着物理老师那颗好像鹅卵石的脑袋，大笑，掩饰着不安与激动，可恍然又会陷入一种慌乱的安静中，只听见心怦怦地跳。

正是多梦的季节，每个少年的青春里都会有一场朦胧纯粹的暗恋。那时的我们根本不懂得什么是爱，他只是想走近我，走近一份单纯的美丽，而我也只是懵懂的欢喜，在一个少女的日记里，绽满花开的心事。

就那样没来由地喜欢上茉莉了，仿佛是喜欢上它那暗涌的花香，一如少女心中暗涌的渴慕，抑或是席慕蓉“在日里在夜里／时时开着小朵的／清香的茉莉”诗中的清纯打动了我，便又坐了他的单车，去花卉市场选了一个掌心大小的花盆，一株袅袅婷婷的茉莉正嫣然地吐出洁白的芬芳来。我们一人抱回一盆，养在书桌上，我每大都趴在那里，看那青翠精致的叶子怯怯地伸出脑袋，仿佛上课迟到的他，探着脑袋，蹑手蹑脚溜进了教室。

只想看他的背影，却不敢迎视他偶然飘过来的目光；喜欢听他结结巴巴地背诵英文，当听到“LOVE”这个单词时，心轰然作响，时光就在那刻凝固成照片，在记忆的相册里来回地穿越；还有他生日那天，我送给他一张无字的贺卡，因为我不知道该写些什么，因为一提起笔，眼前都是他骑着单车，白色的衬衫在风中翩翩飞扬。

我还甚至想过，采下亲手种下的茉莉，泡一壶香茗，放在他奔跑的篮球场旁边，或者用江南的彩丝，给他缝一只天荒地老的香囊……然而这些还未曾实现，轰隆隆的复习考试就到来了，被疏忽遗忘在书桌上的茉莉不知何时枯萎了，洒落一桌蓓蕾。

我记得当时把它们收集在一个信封里，在上面写着“十年后，再见”，还记得当时写着写着就落泪了。这一份不知爱为何物、无疾而终的情感，就在青春的时光中，化为一处遥不可及的香土，暗藏在我记忆花园的最深处。

如果说生命是一列迅疾而过的列车，我们却是在青春的站台上对望了一眼就擦肩而过，或是想不起，或是来不及道一声再见，时光就已渐行渐远。一个十年过去了，又一个十年过去了，曾经迷恋粉红色公主裙的我已经换上了曳地的长裙，白发在鬓角悄然而生，一路颠沛流离的我留在了远方的城市，结婚，生子……直到蓦然回首时，却已半生。

总在时光的拐角，我频频张望，那藏在心底最柔软最隐秘的白衬衫，是否也和我一样，从陌生城市的清晨醒来，会突然想起多年前的那一朵小茉莉？

原来，我从来没有忘记过他，就好像从来没有忘记他曾经留给我的那句“十年后，做我的小茉莉”。

再见时，是秋季的产品交流会上，他胸有城府，辩口利辞，举手投足间尽显干练与世故。可突然间，我却再也没有了与他相认的欢喜与渴望，就那样远远地隔着，看他与同事们颌首、客套、握别，然后各奔西东。

回程，我的车窗的影子里，有一个女人潸然泪下。原来，我一直怀念的并不是他，而是那无法割舍的年少青春，那无法忘却的往事情怀。

年少茉莉淡淡香，它无关风月，无关爱恨，无关世俗，如生命深处那朵温暖的云，轻轻托起翩然远去的岁月，如月光下婉转悠扬的钢琴曲，悄悄拂去我尘世的创伤。红尘万丈，千帆过尽，那缕云淡风轻、简单纯真的年少情怀，日渐丰盈着我干涸苍白的心灵。穿过岁月的烟尘，我总能看到一幅绿茵遍地、小鸟啁啾的明媚世界。我那无悔的青春啊，如茉莉般，总有一缕淡淡的幽香，凝落在这古老而又静谧的幸福时光。

文/水唇儿

年少情怀总如诗。年少的情怀，如酒一样醇，如糖一样甜、如咖啡一样绵厚芳香、如诗歌一样浪漫唯美，那些无关柴米油盐、无关风月、至真至纯的年华，是一生中最美的时光。十年之约，悄然在风中飘散。于是，一个十年，又一个十年，眨眼半生已过。蓦然回首，其实让我们一直不能忘记、舍不得忘记的，往往不是那个人，而是我们无法割舍的青春，无法忘却的情怀……

亲爱的你在哪里，我好想你

新生入校，周乐言追求林亦晨，轰轰烈烈，无人不知。

多少人跌下眼镜，周乐言是那么美好的女孩子，报到那天，负责接待新生的学生会成员都说那个穿白衬衣的女孩子笑起来好像能融化坚冰。查一查她的档案更是吓人，凭她的分数足可以去北方那几所高校，不知为何，却填了这所普通的学校。

有学姐好奇地问她，她只是笑，也许是为了林亦晨。

学姐更不明白，你如此优秀，将来一定很多好男生趋之若鹜，怎么偏偏要去喜欢一个小痞子？

她的眼睛里涌起秋日清晨的雾霭，面容是少见的温柔，再好的男生也比不上他，他就是最好的。

学姐只能苦笑着摇头，爱情，真是不讲道理的东西。

更让人不可思议的是，林亦晨居然拒绝了她，所有人看着乐言追着他从食堂一直到男生公寓门口，门卫拦住她，林亦晨甩开她的手对门卫说："我不认识她。"然后潇洒地进门，头都不回。

乐言怔住，顷刻，眼泪顺着眼眶倾泄而出，汹涌澎湃，周围很多人驻足观望，她只是咬着嘴唇一言不发，片刻之后，她像疯了一般拔足狂奔，将一时呆住的门卫甩在身后，冲进男生公寓。

站在男生宿舍的楼下，她撕心裂肺般地喊：“林亦晨，为什么？林亦晨，我爱你！”

她一叫出声便有无数的人头从窗口探出来，尖叫声和口哨声混成一片，她不停地喊，那些人便不停地笑。

不知过了多久，周围的喧嚣都静止了，男生们开始用同情和怜悯的眼神看着她，她的喉咙嘶哑，泪流满面，筋疲力尽了，可还是在重复着那两句话。

他始终没有出现，连旁观的人都有些愤怒了，乐言用手擦干眼泪冲着那个静默的窗口拼尽全力喊了一句：“我不会放弃的！”

一盆水兜头而下将她淋得透湿，连闻讯赶来的门卫都被殃及。她呆住，然后，蹲下去捂住嘴痛哭起来。

一双AD的板鞋停在她面前，她惊喜地抬起头来，却是一张陌生的面孔，如同九月的阳光灿烂，扶她起来，把喉糖和纸巾塞到她的手中，“周乐言，我叫顾知棋，是林亦晨的朋友，他脾气不好，我代替他给你道歉，你快回去吧。”

她凝视着他，然后漾起微笑，摇头，“你不用替他道歉，我不怪他，你替我转告他，无论他怎么做，我都不会放弃他。”

顾知棋看着面前这个倔强的女孩子，在金色的阳光下仿佛生出翅膀来，心里有些微微的疼惜，点头，“好的，我帮你告诉他。”

经历过喊楼事件之后，乐言在男生中的知名度更加提高，经常会有人在路上对她笑，非常友善的样子，她也报以微笑。

一个美丽的女孩子，勇敢，又带一点傻傻的天真和执拗，很难不让人心疼。

乐言对于种种流言都不在意，全世界，她只在意那一个人。她每天都忙着跟踪林亦晨，他去上课，他去买烟，他去吃饭，他回宿舍，她是最忠实的记录者，用她暑假辛苦打工两个月换来的SONY数码相机记录他每一天的生活。晚上一个人对着屏幕上的他，一会儿哭，一会儿笑。

宿舍里的姐妹摇头叹息，这么聪明的女孩子，偏偏爱钻死角。

林亦晨终于发现了她，在他经常等车的一个站牌下，他一把夺下她的相机，恶狠狠地说："你欠打啊，跟着我干什么。"

乐言有一瞬间的慌乱，然后马上镇定自若地对他笑："林亦晨，你终于肯对我说话了。"

他怔了怔，不自觉地调整了一下语气："你到底想怎么样啊，我根本就不认识你，你干吗天天跟着我，还当着那么多人叫你喜欢我，你知道现在有多少人在背后说我吗。"

她还是笑："林亦晨，不管别人怎么说，我就是要爱你，我想要和你在一起。"

他的眉头又皱起来："你是不是疯了啊。"把相机塞给她，"我警告你，你别神经兮兮地跟着我了。"

他手中的烟熏得她睁不开眼睛，她抓住他的手，"到底我要怎么做，你才会喜欢我？"

他的嘴角挑起一丝轻蔑的笑，"喜欢你？那是不可能的事。但是，如果你帮我追到法语系的安锦帆，我以后就不凶你。"

她的瞳孔里窜起火苗："你说话一定算数吧？"

他被她的认真震住了，胡乱点了点头，攀上刚刚驶来的公车，留下她一个人在站台上对着站牌发呆。

顾知棋走到公寓门口，忽然被一把甜润的嗓音叫住，乐言有些瑟缩地笑，你可不可以帮我一个忙？

他带她去校门旁边的小店吃饭，她捧起热气腾腾的汤，眼泪大颗大颗地砸下来。"顾知棋，你告诉我，为什么他就是不肯爱我？"

他摇头："乐言，这种事情怎么说得清楚。"

她一咬牙："那么，把他和安锦帆的事告诉我。"

舞蹈室的门口，乐言茫然地向里面张望，在下一秒，她看到了安锦帆。

她那样桀骜，长着明亮的眼睛和薄薄的嘴唇，眼波流转掠尽一室光华，跟着音乐舒展柔软的身体，连女子都为之动心。

乐言的心像一瓣一瓣被撕裂的花朵，发出微弱却清晰的声响，却仍然鼓起勇气叫她："安学姐。"

锦帆静静地看着她，过了好久，绽出笑容："你是周乐言，我听很多人说过你。"

乐言只觉得脸上有些发烫，连忙说："我今天来拜托学姐一件事，请你重新接受林亦晨，他是真的很爱你。"

锦帆不怒反笑："小妹妹，你一定很爱他吧。"

乐言挺起胸："是的，我爱他，所以，我希望他快乐。"

锦帆的表情有一瞬间的失神，然后笑起来，她说："你回去吧，我不可能原谅他，我只知道，他如果错过你，未免太可惜。"

乐言望着面前这个美丽的女孩子，雾气蒙上眸子："谢谢你，安学姐。每个人心里都牵着一根线，拉一拉心就会跟着疼，我的线头在他手上，但是他的线头，在你这里。"

锦帆久久失语，伸手扫开乐言眉前的刘海，叹息着说："周乐言，你怎么跟以前的我一样笨。"

乐言的泪温柔地淌下："这个世界上的男生很多很多，对我好的也很多很多，而他甚至不曾好好跟我说过一句话，可是我，没有办法。安学姐，我爱他，没有别的办法。"

锦帆只觉得心脏突然钝痛，血脉里的血液疾速倒流，她仿佛看到曾经的自己站在如今的自己面前，流着泪说出这句话。

我爱他，没有别的办法。

她闭上眼，缓缓点头："周乐言，为了你的爱，我去见他。"

乐言独自走在路上，想起了顾知棋给她讲的，那个关于安锦帆与林亦晨的故事。

两年前锦帆入校时艳惊四座，她的美丽不知点亮了多少人的眼睛，很多男孩子千方百计地接近她，讨好她，可是她出乎所有人意料地主动追求林亦晨。

很简单的原因，第一天在食堂打饭时不知道谁撞了她一下，满满一盆热汤泼在她身上，她呆了两秒，然后发出尖叫声，当时恰好站在她旁边的林亦晨一把将她抱起奔至水龙头下冲冷水，然后又返身去买来烫伤膏给她，凶巴巴地说："不要哭啦，又不会死。"

锦帆后来说起，便是满心甜蜜，那是每个女孩子都会喜欢的男孩子，笑起来带一点邪气，眉目不羁，却偏偏就映在了心上，怎么都忘不掉。就是那么一瞬间，她知道，就是这个人。

后来她去找他，他已经不记得她了，只是被她的美丽震撼，便接受了她。

那是骄傲的公主在最美好的年华里爱上的第一个人，却没有得到分量相等的珍惜，除了她之外，他还有那么多那么多暧昧的情缘。一次又一次，她流着泪跟自己说，我爱他，没有别的办法。

爱做前提，一切都可以原谅。

直到那一年的圣诞节，她带着精心挑选的礼物去他常在的酒吧找他，却看见他揽着一个妖艳的女生在亲吻，那个女生一边躲一边笑着说："你女朋友是出了名的美女，又那么爱你，你怎么还这么花心哦。"

在她还没来得及喊他的名字的时候，她听见他用不屑的语气说：“什么爱，我从来不信这个东西，再漂亮有什么用，还不是送上门来的货色。”

话声入耳于她如同雷霆万钧，霎时，心下沉，血上涌，口中只得发出暗哑嘶鸣，慢慢走过去，仿佛踏过自己的前世与今生，把杯中的酒泼在他的脸上，眼泪不争气地流下来，却依然仰起头对他说：“林亦晨，从此刻起，只要我安锦帆一天不死，我就会活得比你好。”

出了门一路狂奔，回到宿舍里抱着被子一场痛哭，从此形同陌路。

她说出的话确实做到了，积极上进，成为众人口中美貌与智慧并重的女孩子。把他曾经给予她的耻辱和伤害都打包上封，存在心底，再也不去触碰。

他起初是不在意的，渐渐地，在某些突然惊醒的半夜，他会冲口而出叫她的名字，在阳光暴烈的午后，他会突然想起她身上淡淡的香气，他不能不承认，她其实早已在他心中根深蒂固，无法摈除。

为什么非要过了那么久，非要等到失去她之后，非要等到一想起往事就觉得呼吸困难的时刻，才醒悟，他原来是这样爱她。

面对他的忏悔，她决绝地摇头：“我不能原谅，永不原谅。”

他看着她：“锦帆，如果没有你，我的生活将永远与幸福无缘。”

想到这里，乐言抬起头来望着湛蓝的天空，心里有个声音在说：“林亦晨，我一定要让你幸福。”

锦帆没有违背她对乐言的诺言，面对依然颓废的林亦晨，她笑得云淡风轻：“我曾经不问结果地爱了你好久，你就像我心上的一个伤口，时间抚平了它，爱与恨也都消失了。”

林亦晨沉默地看着她，这个曾经被自己伤害得体无完肤的女孩子，如今可以轻而易举地说出那两个字——不爱。

时间是一把刀，可以砍掉青春里的荆棘与爱情里的遗憾，没有什么是真的永远不变，他挑起眉梢笑："锦帆，只要你幸福就好。"

她颔首转身，末了，回过头来说："你不觉得错过了周乐言会可惜吗？当她用一双纯净的眼睛看着我的时候，我好像看到了当初的自己。"

可是，他依然笑着说："她毕竟不是你。"

他与锦帆已经注定只能站成两岸，让海岸线无限延伸，隔着他们的这片海，叫做时光。

乐言去见林亦晨，未曾开口就泣不成声，一连数十声对不起，叫人听了心酸。

他反而安慰她："不关你的事啦，不要哭了，你哭起来好丑啊。"

她仍然还是哭："对不起，我说过一定要让你幸福的，但是我打动不了安学姐……"

他轻轻叹气，伸手去擦她的眼泪，她一把握住他宽大的手掌，眼神凛冽而坚决："她不再爱你了，可是还有我，我在这里，一直爱你，我会永远爱你，不离开你。"

他抽回手，沉默着低下头，时间一分一秒地过去，她的眼睛里只余下灰烬，哽咽不能自抑，"林亦晨，我懂了。"

转过身去，算是诀别。

顾知棋深夜接到电话，她在那头轻轻问："你可不可以来陪我喝酒？"

他二话没说从床上起来，跑到二楼水房一跃而下躲过门卫的眼睛，朝她所在的方向奔去。

她喝了很多酒，脸色是暗夜里盛开的蔷薇花，带着熏人的美，他喝得比她还多，两个人坐在马路边上，她突然笑出声来：“叫你来陪我喝酒，你怎么抢我的酒喝？”

他看牢她：“因为，如果可以的话，我宁愿替你难过。”

她怔住，良久，泪水如倾盆的雨水，哗哗落下，把头埋进他的怀里，失声痛哭。

他伸手抱住她：“乐言，我第一次看见你在楼下叫亦晨的名字就被震撼，要多爱一个人，才有这份勇气。当我给你送纸巾的时候，你抬头看我，我的心脏仿佛停顿。”

“乐言，给我一个机会，我来照顾你，不会再让你哭。”

周乐言仿佛恢复了快乐的样子，寒假过后在男生公寓门口打电话给知棋，语气一派天真：“快出来，我给你买了礼物哦。”

周围相熟的人心领神会地朝他们笑，看起来不是不美满的，只是在分开的时候，乐言终于还是低声问：“他还好吗？”

知棋点点头：“他很好。”

她轻轻地哦了一声，然后自言自语：“他好就好。”

这样的对话成为了他们每次见面和分别时的固定模式，每每看到她若有所思地喃喃自语，知棋的心里便会有微微的绞痛。

直到那一天，他皱起眉说：“不好，打球时他手腕上的佛珠不小心绷断，我们很多人找了很久，只找到十八颗，还少一颗。那串佛珠他从小就戴着，是他妈妈在峨嵋求来的，意义非凡。”

她一直安静地听，最后抬起头，满脸的决然：“知棋，带我去医院开张病假条，我要请一个礼拜的假。”

他马上明白了她的意思，有无限的哀伤如潮水兜头将他覆盖：“乐言，值得吗？”

她的眸子里有钻石般的光芒："因为我爱，所以值得。"

好像有把大锤子在敲击他的心脏，他终于点头："好的，我带你去。"

乐言离开的第五天，知棋接到一个电话，挂掉电话的时候他的手攥成一个拳头，臂上青筋爆起，脸色顷刻惨白。

林亦晨叼着烟，随意问："怎么最近没看到周乐言那丫头来找你，吵架了吗？女孩子，哄哄就好……"他的话音未落，知棋的拳头就将他掀翻在地，他呆在地上，顿时无明火起，对着知棋吼："你疯了啊，跟她吵架了冲我发什么火。"

知棋死死地盯着他，眼眶慢慢泛红："林亦晨，我们再也没有机会见到她了，她出事了，在峨嵋金顶为了救一个小孩子，失足跌下去了，救援的人找了几天，只找到她的包，然后给我打了电话，他们说生还的可能微乎其微了……"

他强撑着说完这些话，身体像一滩泥一样迅速滑下，眼泪在眼眶里迅速凝聚："林亦晨，她是那么好的女孩子，为了爱你，不顾自尊站在楼下喊你的名字，为了你去哀求锦帆回到你身边，被你拒绝后一个人躲起来喝酒，听说你的佛珠断了二话不说就请假去峨嵋……"

"林亦晨，她是这么好的一个女孩子，你为什么不肯爱她。"

林亦晨不敢相信地瞪着眼睛："不可能，你们不要开这种玩笑。他的目光里是孩子般的天真，你们一定是联合起来整我。"

可是知棋只是望着他，摇头，再摇头。他的愤怒和悲伤像窜起的火苗，呼吸如豆大的雨点急促："你不是她的男朋友吗，为什么要跟她说我的事，为什么不陪她一起去！"

知棋的眼泪漫溢："我不是她的男朋友，那天晚上我向她表白，她哭着拒绝我，后来你们所看到的那些场面，不过是因为她还舍不得你，想从我这里获得你的消息。她自十四岁开始爱你，直到现在，她这一辈子，只爱过你一个人。”

在林亦晨悲伤而错愕的眼神里，知棋将那天晚上乐言对他说的故事和盘托出。

乐言七岁时随母亲改嫁，躲在母亲身后不敢露头，母亲狠狠掐她的手臂，“叫爸爸，叫姐姐。”

重新组合的家庭无法美满，母亲在操劳与琐碎的生活里变成了一个暴躁尖刻的女人，把对她父亲的怨气统统算在她头上。继父是一个简单粗暴的男子，靠体力维持一家生存，而姐姐，亦是背地里欺负她，把她的漂亮衣服抢走，把她的作业本偷偷藏起来，然后扔掉。

依然有无止尽的争吵和抱怨，厮打的时候她只会躲在门后瑟瑟发抖。

生活对于她只是苦难反复循环，年幼的她仿佛看不到希望，只盼望快快长大，可以逃离这个支离破碎的家庭。

十四岁时念初二，因为成绩太优异而被全班女生孤立，校运会的名单上她看到自己的名字被填在三千米长跑那一栏，体育委员怪笑着说：“为了班级荣誉，你一定要好好表现哦。”

跑步的时候，她觉得自己整个心都要破膛而出，口腔里充满了血腥的味道，终点是那样遥不可及，只觉得偌大的天地一片苍茫，不知道跑了多少圈，终于筋疲力尽地倒了下去，倒地的瞬间听见身上那件年份久远的衬衣胸口裂开的声音。

她绝望地趴在地上，想象得到那些人嘲笑的嘴脸，恨不得有神仙来救她走。

是真的有神仙吧，他从远处跑过来，脱下自己的外套裹在她的身上，把她抱出跑道，拿温热的开水给她喝，笨拙地擦她的眼泪，安慰她说不要哭。

她看到他胸前的校卡上写着他的名字，林亦晨。

从此之后她便似他的小小影子，跟随在他的身后，并暗自发誓一定要有一台相机专门记录他的样子。

那时的他尚是温和明亮的少年，直到高二父亲由于一次错误的投资导致倾家荡产。母亲毅然离去之后，他便彻底变了一个人，再也没有任何人看见他的笑容。

她也知道了他的事，小小的心里满是痛楚，一个人去拜佛，头都磕破了只许一个愿——佛，请你赐他幸福。

高三时他的成绩已经完全惨不忍睹，随便填报了一所学校就消失了。她在两年后决意放弃学校的保送名额，填上了他所在的学校。在寺中她对菩萨说："他是我生命里第一份温暖，值得我用一生追随。"

佛，笑而不语。

她用暑假里两个月的时间打工买了一台相机，在新学校附近的站台看到了抽烟的他，还是那么英俊，眼神里却有些许落寞。那一刻，她的心狠狠地疼。

这世上的不良少年也许有很多，但是能洞穿她的心脏的，只有这一个。

于是，不管他的名声如何狼藉，多少人说他不相信感情，她仍然以飞蛾扑火的姿态去爱了，不顾世俗的眼光，只为了他曾经无意给予孤苦无依的她那一点点温暖。

为君一日恩，拼将一生休。

她一定没有想到，直到最后，仍然没有听他说一句——我爱你。

林亦晨拒绝参加乐言的葬礼，他不能想象自己看到欢闹的她静静地躺在清冷的坟墓里是怎样的心情，他相信，只要没有看见她的尸体，她就一定会回来。

锦帆和知棋带回来乐言在峨嵋求来的佛珠以及背包里的数码相机，之后他便把自己关在房间里，不见任何人。

他把相机里所有的照片都看了一遍，一共是四百三十七张，其中有一张是他站在站台上抽烟的样子，看那张照片的人几乎都可以感受到拍照的人的心情，那样忐忑而紧张。

她是真的，用自己的生命爱着他。

林亦晨看着那些照片，眼泪轰然而下。

后来的日子他总是会提笔写信给她，每封信都只有一句话："亲爱的你在哪里，我很想你。"

他固执地相信，她有一天一定会回来。

一天不回来就等她一天，一生不回来就等她一生，就像，她曾经等他来爱她那样，等着她回来。

文/独木舟

一个故事，留有遗憾的结尾才有让人回味的价值。人也是这样，失去以后才懂得珍惜，而得不到的东西，永远是最美的。他就是这样，失去后，才知道她是那么的好，那么的爱自己，可是那时他根本不懂得什么叫做"珍惜"。当失去后，才醒悟：原来自己是那么的爱她，她已经成了自己的习惯。他多么希望她有一天还会回来，可是不会了，永远不会了。许多人许多事，一旦失去，就永远地失去了，再也找不回来。所以，从现在起，好好珍惜身边的一切吧！生活不是电影，错过了就是失去了，不可能像电影里一样有重来一次的机会，一次的错过就会让我们悔恨终身……

是谁错过今夏的樱桃

还是春天的时候

如焚一遍遍地跟我讲："千姿，等过完这个春天，我就到北京看你。你要记得啊，我是来谈恋爱的。"

我说："好。"

是真心地说了"好"。我曾经如此企盼。如焚——我早上醒来第一个想到的男生，能从网上走到网下来，如战场上手持刀枪的战士，勇敢、义无反顾地杀进我的生活。

纷乱繁复的世界，从此歌舞升平。我的城堡里，住进了如焚。王子与公主，也躲进童话中的小花园里享受盛大的幸福。

多好啊。

五月，请赐我甜蜜的梦

有几晚，我做了漫长神奇的梦。我梦见如焚在我家楼下唱歌。他高高地举着火把，冲着我的窗口唱歌。歌声嘹亮空旷，火把凛冽明艳。我躲在窗子后面看他，像旧户人家的小姐，羞羞怯怯，欲语还休。

爱情不过是一堆柴禾。

那个梦我本不记得，早上醒来就忘掉了。好些天以后在杂志上看见那句话：爱情不过是一堆柴禾。我哭得很厉害。那个梦里我伤心欲绝的心情和那几具巨大尸体，争先恐后地闪烁，仿佛是个非常凶恶的诅咒。

我恨自己。那些个晚上，为什么要睡觉呢。不睡觉的话，那些血淋淋的画面怎么可能伤害我，怎么可能伤害我与如焚的梦想。

还是忍不住打电话告诉了如焚。当然我没忘记强调梦里他举着火把唱歌的美好样子。

如焚不像我想的那样恐慌，他若无其事地说：“真是个傻姑娘，梦都是反的嘛。我们的爱情是树，是森林，谁敢放火烧我立刻把他拖出去斩了。”

末了，他还叮嘱我：“千姿，以后只许你记得那个梦的前一半，后面不好的那些马上忘掉，不许记到明天。”

“好的。”我说。

我满心欢喜。我勇敢神奇的如焚，他的几句话就让我重新对未来充满希望。他是我的神。

从那天以后，我再也没有梦见过凶恶的场面。所梦之处，遍地都是美丽而且新鲜美好的东西。

我只要一颗樱桃就好

如焚可能不知道，我是有多么喜爱樱桃。

小时候，我是在婆婆家过的。她家的小院子里，从我记事起就长着两棵茁壮的樱桃树。童年的那些夏天里，我就是含着无数颗艳丽圆润的樱桃过来的。我多么爱那些樱桃啊，娇艳温柔，如美丽天使般陪我度过了寂寞的少年时光。

有一晚如焚给我打电话的时候，我跟他说："我今天看见街边有卖樱桃的了，红艳艳的，多好看哪。如焚，你来了以后买樱桃给我吃好不好？"

"呃，"他开始笑，"那种酸酸的小东西有什么好吃的啊。"

"我就是爱吃。你来了以后，每天送我一颗樱桃好么？我会把它当糖吃的。"我央求他，"如焚，我每天只要一颗就好。"

如焚还是笑，"好好好，千姿喜欢那就给千姿买。"他又说："每天一颗，人家卖樱桃的都不卖的，小傻子。"

有许多许多次，我希望如焚能够像婆婆那样，充满怜爱地叫我千儿。千儿，千儿，千儿。我只希望我最爱的人这么叫我。

如焚一直没有这么叫我。我也不给他任何暗示，我还是如年少时那般坚信，我与我的爱人之间一定有着不可言喻坚不可摧的默契。因此，不需要任何言语。

要是我流口水怎么办

如焚来的时候已经是七月。太阳已经很烈，打在皮肤上像针在刺。可是因为如焚的到来，我甘愿变成站在针尖上舞蹈的小人鱼。

我陪他在烈日下散步，陪他在网吧里打魔力宝贝，陪他穿过一条又一条熟悉或者陌生的街道。我总走在他右边，他纤瘦的手掌正好握住我好看的左手。

我们就这样不停地走。

后来我们去得最多的地方就是图书馆了，我在暑假里兼了一家杂志的编辑，经常要到图书馆去淘资料。如焚也来。他早上从复兴门到北四环这边来接我，然后再坐四十分钟的车到北图，然后我在里面翻杂志，他就坐在我旁边睡觉。

第一次他要睡觉前还问我：“我想趴着睡会儿好吗？”

“怎么一早起来就睡觉呀？”我嗔怪他。

“昨天晚上睡得晚，又怕早上来接你的时候晚点，就一夜没睡了。”如焚眯着眼睛无辜地说。

我心软，轻轻揪一下他的耳朵：“你睡吧，我弄完了喊你。”

“噢，”他还是不能放心睡下，“要是我流口水怎么办？”

“那就流呗，我又不会帮你擦。”

我不管他了，自己跑到书架上一排一排地找书，回来的时候，看见他歪着脑袋枕在胳膊上睡得正香，我不时地看他有没有口水流出来，好赶紧擦了免得丢人。

那家伙还挺争气，在图书馆睡了三个小时，也不见淌一滴口水。

沉默的乌鸦

其实如焚并不是多好看，也不爱讲话，他总是穿着白色的T恤、蓝色牛仔裤，走路的时候喜欢低着头看自己的脚尖，这样的男生，走在人堆里怎么也不会吸引我多看一眼的。可是这个烈火燃烧的七月里，我在与他恋爱，一切因此美好起来。

常常在午后，我们从北图出来，到附近一座公园里散步。那里有大片的浓郁的树阴，还有一片泊有荷花的湖，还有偶尔跳出来给人惊喜的小老鼠。

如焚牵着我的手走遍了那个公园的每个角落，以至于后来我把它当做我见过的最美丽的公园。

我爱上在图书馆的小日子，我兴奋得都忘了向如焚索要我只要一颗就好的樱桃。

七月底的一个周四，我走进阅览室的时候，才发现我忘了带阅览证，被管理员叔叔训斥着到门外办证处补办。我又发现我忘了带身份证，于是就用了如焚的，我看见他的真名叫奚非凡。

“奚非凡，”我念叨着，“今天我才知道你叫这个名字。”

如焚跟在我身后不怀好意地笑：“是啊，你就是那种被人卖了还帮人数钱的笨人。”

拿到新的阅览证我满心欢喜，这上面记录的可是如焚的名字呢，以后却是由我使用。我以后不会再用自己的那张了，这张神奇的卡片，就让它见证两个人的爱情吧。

那天下午下起了暴雨，凶猛激烈。

我们站在走廊里看。如焚两眼放光，指着小院子中央的一棵树说：“千姿，你看那对沉默的乌鸦。”

果然，两只漆黑的乌鸦并肩栖在银杏树上，还不时地抖动翅膀抖掉身上的雨水。我问如焚：“是乌鸦就是了，为什么说它们是沉默的乌鸦？”

如焚竟被我问住，微微脸红，过了许久才轻轻地说道：“乌鸦好像都喜欢嘎嘎叫着的吧，你看它们，一声不吭地站在那里。”

我忍不住地笑：“你还不是一只沉默的乌鸦？一声不吭。”

如焚真是可恨，到现在都没有说过我喜欢你、我爱你之类的话。

我等得有些伤心。

樱桃之远

我犯了一个不可饶恕的错误。

先前如焚信誓旦旦地答应给我买樱桃的诺言一直到他离开都未曾实现，八月中旬他就回上海准备上大三了。

我开学之后依然兼着杂志社的那份职，只是因为课程变动，去图书馆的时间由周四改为周二。

眼看这个甜蜜的夏天即将过去，眼看市场上的樱桃越来越少，如焚还是那只沉默的乌鸦，一声不吭。他甚至很少给我打电话了，在网上也很少遇见，仿佛他的爱只是夏天里的一种幻觉。

我偷偷哭了好几次。我那寄托了我无数绚丽梦想与热切希望的樱桃，现在离我那么遥远，再不能像小时候那样张口即得了。

可恨的如焚。他一直都没告诉我他是否喜欢我、是否爱我。他像是要淡忘我了，他要弃我回到他的世界。我等得心碎。

怎么办，怎么办。

一直到第二天天快亮的时候，我收到他的信息："绝交什么啊，想什么呢你！"

我就笑了。可怜的如焚。再见。

我换了电话号码，不久就搬出学校自己租房子住了。

如果如焚再来找我，他一定找不到了。他再也找不到我了。我这么倔强，这么骄傲。

我们已绝交了。

我们的结局

后来，我依然在每个周二带上写着如焚名字的阅览证去图书馆。甚至有许多次，我就坐在当初他睡过觉的位子上，坐整整一天。只是不再有人傻傻地问我："睡着了流口水怎么办？"

也不再有人说那沉默的乌鸦为什么不嘎嘎乱叫了。

二〇〇三年的冬天非常冷，雪下了一场又一场。图书馆门口两棵高大的银杏树像两个老人，叶子落了一地，铺了一地的悲伤。

爱情不过是一堆柴禾。我看着那些枯黄的叶子又想起那个梦境。是的，爱情就是一堆柴禾，我的那一堆，在这一年烈焰般的盛夏里燃尽了，只留得一地的灰烬。

第二年春天的时候，我在杂志上看到了一篇文章，是如焚的朋友写的，如焚他从来不写字。他的朋友，那个叫阿德的男生，他写的是如焚与我的故事，我看着看着就泣不成声。

阿德说，如焚回到上海不久就生了一场大病，出国治疗，不能上网，电话也交给了阿德保管。阿德用如焚的QQ上网，拿如焚的手机跟人开些玩笑，他不知道他做了什么。两个月后，如焚归来，才发现他把我弄丢了。网上找不到，电话打不通。他还到我的宿舍找过我，人家说我早就搬出去了。还有几个周四，他在图书馆守株待兔地等我，一样无果。

那个阿德，比如焚还要可恨。我分明还是笑了。

我把我与如焚的故事也写下来，写在这里。如果有人认识他，请告诉他："千姿也在等他。千姿希望能继续爱他。"

这一年的夏天又要到了，请他千万记得送千姿樱桃。我们谁都不能再错过了。

就是这样的。

文/所谓双鱼

在时间的荒野，于千万人之中，去邂逅自己的爱人，那是太难得的缘份，更多的时候，我们只是在彼此不断地错过，这个世界有着许许多多这样那样的无奈，难以预测，身不由己，一个转身，也许就是一辈子的错过。多年以后，才会领悟所有的争取和努力，都抵不过命运开的一个玩笑。

数到三，一起放手

出卖情报的徐小品守口如瓶

尚进约徐小品第一次见面时，天上下着轻雪。雪很薄，落到身上就无影无踪了。天倒不像雪这么好说话，一味冷得人上牙下牙打架。

徐小品跳着脚进了小饭馆，尚进正守着一个小火锅。大约就是那团热气融化了两个人心里的陌生感，尚进觉得两个人简直是鼻尖对着鼻尖了。

尚进吃饭不忘提严丽，一直提一直提。

徐小品哼哼哈哈地答着。

尚进心急烫了舌头，含混着问："严丽挺多男孩追的吧？有男朋友了吗？"

徐小品慢吞吞地抬起头说："原来醉翁之意不在酒，你请我吃饭，是搭桥呢吧！"

"哪能呢！"尚进赶紧赔不是。

说实话，这个约会还真是因为严丽。尚进喜欢徐小品同屋的严丽。正好徐小品的老乡七喜是尚进的乐队成员。尚进情报工作做得不错，找七喜约严丽跟徐小品。可到了约会这天，七喜要补考，严丽的姑妈来了，严丽要陪着去逛街。只剩下这基本是陌生人的徐小品和尚进。

徐小品在电话里说："要不改天吧！"尚进是想改天的，可风物长宜放眼量，这次让人看出不郑重，没 准就没下次了。所以尚进咬着牙说："他俩不在，咱也得吃饭啊，吃，照吃。"于是约在校园外一家小火锅店。

吃过饭，徐小品把自己的那一份钱清清白白地放在桌上。尚进有些火，把账付了，一个人领先出了火锅店。

徐小品追了出来，她说："想知道什么，我知无不言，言无不尽。"

尚进站在原地盯着徐小品看了好半天，笑着说："有你这样守口如瓶出卖情报的吗？"

当了赌注的尚进误入情网

终于四个人挤到了一张桌子上。严丽皱着眉说火锅店的卫生差。七喜大刀阔斧地往锅里面加白菜。尚进的脸被热气罩得雾蒙蒙的，徐小品有些看不清楚。

七喜拿出几张票，是他们乐队的演出票，据说卖得很好。严丽问了几个很弱智的问题，尚进很耐心地解答。严丽说："尚进，你爸妈胆子真够大的。"

三个人都没听明白，目光齐刷刷地落到严丽细瓷一样的一张脸上。严丽夹了一筷子菜放进锅里，说："叫尚进，万一你很不上进咋办？"

这实在是个很冷的笑话。好在七喜很给面子地笑了，徐小品看着哭笑不得的尚进也笑了。

演出那天，尚进站在台上向台下张望，先看到的是徐小品的毛线帽，然后是严丽大红的羽绒服。两个女生像鼹鼠一样偷偷地躲在人群里，有那么一点点兴奋。

尚进唱得很High。再往台下看时，台下只剩下了舞着荧光棒的徐小品，脸红彤彤的，像一只刚刚从树上摘下来的苹果。一走神，尚进唱错了词。

庆功会时，尚进喝了很多酒。七喜也喝大了舌头，搂着徐小品说："你得帮我们老大把严丽搞定，谁叫她惹我们老大来着。"

说是惹，不过是一次玩笑。秋天天好时，晒被子，几个女生口渴想吃冰淇凌，又都懒着不想去买，剪刀石头布，几把输的都是严丽。严丽赖着不去。恰好尚进远远地走过来。姑娘们说："你去跟那个尚进说你喜欢他，我们就不让你去跑腿，还请你吃冰点，最贵的！"

就是那样，严丽果真跑到尚进面前花痴一样说了喜欢的话。姑娘们也没有食言，收了被子请严丽吃了顿冰点。

徐小品走到尚进面前收了他的杯子，说："严丽的男友在北航，青梅竹马。"

尚进的身子歪了歪，倒在徐小品身上。七喜黑着脸拉开尚进，两个人厮打在一起。那之后，徐小品很久没有见七喜，也不见尚进。

用一段爱情代替另一段爱情的蠢主意

春天时，徐小品剪了头发，烫了烟花烫，跟那张娃娃脸很不相衬。严丽反倒留起了长发，她说北航喜欢。据说北航明明白白地告诉严丽，他喜欢上了一个智慧型女生，还说了许多理想与奋斗的话，严丽听得云里雾里，让姑娘们帮着分析。姑娘们说，变心的男人比"神七"飞得还快，最明智的办法是把心收回来。

爱情不是自己的，谁说起来都不痛不痒轻飘飘的。严丽说："不行，我这辈子就没想过要嫁给别人。”

姑娘们长吁短叹，问世间情为何物啊？

徐小品仔细观察着严丽。有一天上公共课，课堂上一直没见严丽的影子。徐小品跑回寝室时，看到门缝里淌出来的血。

严丽的命被救了回来。徐小品坐在严丽面前，说：“这世界上，谁离开谁都可以活下去，没什么大不了的。”

严丽不哭也不吃东西。脱掉毛线帽与厚厚大衣的徐小品穿过整个校园，找到那间废弃的仓库，她站在尚进面前，“也许只有你能救严丽了。”

尚进扬着头，对这个像用树枝拼出来的清瘦姑娘：“我为什么要救她？”

徐小品盯着尚进，一字一顿，“因为你喜欢她。”

严丽很黏尚进，一刻联系不到就疯狂。尚进倒跟她猫捉老鼠似的。严丽哭了一场又一场，人也变得敏感脆弱。

徐小品再一次站在了旧仓库的门口。她说：“你不能这样对严丽。”尚进低头抽烟，阳光穿过空旷的仓库落到尚进身上，头发也毛毛草草的。乐队的人陆陆续续撤了出去。

偌大的空间里只剩了徐小品和尚进。徐小品走进去，轻手轻脚。像是打破了某种平衡，瘦了很多的尚进突然站起来，狠狠地把徐小品抱到怀里，好半天，徐小品才知道他在哭。

严丽跟尚进要小性子时，徐小品躲得远远的。她在图书馆里待的时间越来越长。偶尔一个人去火锅店吃火锅。七喜来找她，说：“瘦成这样，你是想得道成仙吧？”徐小品知道自那次庆功会打架，七喜就退出乐队了。她看着地面，说：“能做我的男朋友吗？”

“徐小品，你是个笨蛋。虚假的爱情谁都拯救不了，只会让所有的人都受到伤害！”这是徐小品认识七喜以来，他说得最有知识含量的一句话。这话徐小品不是不懂，只是，事到如今怎么办呢？

除了你没谁能对你负责

路过球场时，一只篮球迎面砸来。徐小品应声倒下。尚进丢下严丽跑过来，背上徐小品往医务室跑。徐小品趴在尚进的背上，安安静静。那背跟她想象的一样宽。他的头发有好闻的洗发水的味道。

跌倒时脚崴了一下，脚背肿得很高。回寝室也是尚进背徐小品回去的，徐小品挣扎了，尚进说："我乐意的。"过了一会儿又说："为了你，我把我自己都豁出去了，你就不能委屈一下。"

徐小品的眼泪汹涌而至。

尚进来得很勤，每天给徐小品带来各种好吃的。严丽不高兴，却又不好说什么。

有一天，尚进给徐小品带来了两本书，再一天来时，看到徐小品的眼睛又红又肿。他问怎么了，徐小品先指指书，又指指脚，蚊子很会选地方，在肿的那里又怜香惜玉地亲了一口。徐小品是过敏体质，蚊子叮一下，就又青又肿。她说要是有芦荟就好了，从前被蚊子咬，老妈都是用芦荟叶子抹的。

那个下午严丽一直都找不到尚进，他的电话关机。严丽的脸拉得很长。徐小品突然觉得自己应该跟严丽说说自己的想法。她说："丽儿，当初是我撮合你们在一起的。可是你要想好，是真的爱尚进，还是在找替代品？除了你自己，没有谁能对你的人生负责。"

严丽瞟了徐小品一眼，说："小品，既然你先挑起这话头，我也说说。其实，你早就喜欢尚进是吧？你假惺惺地跟我讲什么道理呢？"

尚进敲门进来，满头大汗，拿着几根芦荟叶说："我跟图书馆阿姨去城东她家里取的，快抹上。"

严丽说："你们太欺负人了。"一周后，严丽搬出了徐小品的寝室。

徐小品觉得自己灰溜溜的，她问尚进："我们做错什么了吗？尚进不说话，直往徐小品的碗里捞火锅里的菜和肉。"

在秋天来临之前准备好一个答案

六月的尾巴上，严丽又回到了北航身边，据说北航转了一圈，还是觉得严丽最好，而严丽也愿意再给他一次机会。

爱情真是件说不清道不明的事。徐小品问尚进是什么时候开始爱她的。尚进说，演唱会上看到台下的她，觉得世界很安静，他只在为她一个人唱歌。

徐小品不信，揭发他说："庆功会上你还为严丽喝醉来着。"

尚进不说话，拨拉着吉他，唱歌。居然是曾轶可那首备受争议的《狮子座》。徐小品是狮子座，生日那天，尚进送给她一个红色的盒子。徐小品以为是戒指，打开后发现是一个心。

尚进说："铁的，我们做机械操作时我亲手磨的，很大一个铁块呢！"徐小品把那颗铁心握在手心里，眼睛又下了一场雨。

她问自己做好铁了心跟尚进走的准备了吗？

在秋天来临之前，要准备好一个答案。徐小品常常紧紧地握着尚进的手不松开。他说："拉一辈子，你会烦的。"徐小品不出声，头靠在他的肩头，她说："给我唱支歌吧！"

乐队的家伙们都说徐小品毁了尚进的音乐才华，只想着恋爱了，要痛苦才会有摇滚。徐小品很抱歉地请大家吃火锅，她说："我借尚进还不行吗？"

尚进的乐队签了北京的一家唱片公司，那群家伙跃跃欲试，说：

“徐小品你那么瘦，受得了北漂的苦吗？”尚进说：“我会把她养胖的。”徐小品笑着低下头。

那个下着小雨的傍晚，尚进他们准备去北京，可怎么也敲不开徐小品寝室的门，电话是关机的。尚进没头苍蝇一样到处找，徐小品的一个同学递给尚进一封信，信里徐小品说：

“我想过，我这么瘦，我根本吃不了北漂的苦。所以咱们做个游戏吧，数到三，一起放手。”

七月的阳光下，尚进觉得浑身发冷。

彼时，徐小品已经踏上了回家乡的列车。她听着那首《狮子座》：“一个人的时候/如果下起了雨/也会学你/把伞丢到一边。”

没办法不分开，两个月前，徐小品的母亲脑血栓。她是母亲一个人带大的，除了她谁还能守在母亲身边呢？她不希望用爱情牵住尚进追逐理想的脚步。

回望这座城市，耳边突然响起尚进的歌声，徐小品不敢让自己哭出来。

文/风为裳

有一种痛，说不出来，只能自己忍着，直到时间让它淡化；有一种爱，不能坚持，只能放弃，即使不舍，也只能放弃。一场爱情就像是一次沦陷，明明爱你却不得不离开你。分开后我们都会继续各自的人生，可能永远不会再遇见。但是，这并不代表遗忘，我们会把对方好好地放在心里，留着那曾经的青春印记。

苏末丢失了林又南

暧昧像水草疯狂生长

一九九九年的某个下午，阳光透过树叶间的空隙漏下来，在地上铺洒出一片斑驳发亮的光影。苏末坐在学校篮球场边的树阴下，正在考虑是要在这里继续读书，还是让父母给安排去一所重点中学。一个篮球流弹般突然向苏末直直地飞来，苏末还来不及反应，只听见“砰”的一声，有人用手臂挡开了篮球。

“你没事吧？”气喘吁吁的林又南抱着篮球，紧张地站在苏末的面前，汗珠在阳光下折射出明亮的光芒。

“嗯。”苏末不知所措地点点头。

林又南有着寒星般明亮的眼睛，嘴角藏着一抹若有若无的笑意，转身离开的时候，深深地看了苏末一眼，那一眼，仿佛要看到人的心里去。

才不要回去呢，苏末忽然觉得这个学校如此美好。

开学没多久，学校举行校际篮球赛，林又南大出风头，很快成为全班女生心目中的偶像。越来越多的女生要林又南教她们打篮球。

有人说：“林又南，你教我打球吧，我篮球考试不及格。”中午的教室安静又空旷，坐在墙边的苏末忽地抬头，正好撞见林又南深黑的双眼，林又南意味深长地看了苏末一眼，一脸坏笑：“不行啊，我已经答应教别人打球了。”

苏末低头浅笑，心安又心乱。

暧昧像海底的水草疯狂生长，却又飘忽不定，可正因如此，更加无以言表。

林又南身上有着难以名状的距离感，打篮球喜欢一人作战，吃饭喜欢独坐一角，三千米长跑摔得不轻仍然第一个冲线。他一个人坐在跑道上给伤口涂酒精，落日的余晖把他的身影拉得又细又长。苏末站在他身后对他说：“去医务室吧。”林又南不做声，忽然抬头：“苏末你想考什么样的大学？”

“什么样的？不知道，不过至少得离开这儿吧。”

二〇〇二年高中毕业，苏末到省会长沙上大学。林又南留在了家乡那座小城。

肤浅是爱最原始的证明

大学校园从来就是恋爱的天堂。十九岁的苏末眼神明媚，这样的女孩似乎没有理由让人不喜欢。最轰动的一次是系里的元旦晚会。六个帅气的男生组合带来的劲爆热舞是整场晚会的焦点，节目演完，领舞的男生站在台上迟迟不肯谢幕，他的头发上不知是汗水还是亮片纸，在灯光下闪闪发光。男生说：“我的舞为你而跳，苏末，你在吗？”

大礼堂沉默了片刻，继而尖叫如雷，人人兴奋地询问：“苏末是谁，苏末在哪里？”

男孩们的爱意，肤浅又狂热。可是不得不承认，对年轻的苏末们来说，或许只有这种肤浅才恰恰是关于爱的最原始的证明。

室友们对这种八卦趣味盎然，她们追着苏末问她到底喜欢什么样的男生。

苏末喜欢什么样的？苏末喜欢寒星般明亮的眼睛，苏末喜欢被风扬起的蓝色衬衣，苏末喜欢修长手指拨弄篮球。

苏末喜欢林又南。

而林又南，除了偶尔在QQ上给苏末留下短暂的问候，别无他言。

苏末觉得，林又南有时候就像一阵风，从未痕迹清晰，却也从未消逝散尽。

苏末有时候会给林又南写信。

每一封信，苏末都是决定把它寄出去的，可是每每快走到邮箱前，又莫名地止住了脚步。

一个女孩子，年轻的时候得到太多来自异性的宠爱，她便会习惯做爱情里骄傲的那一个，便会认为所有喜欢她的男生都是一样的狂热执著，义无反顾。

大三那年的生日，林又南终于出现在苏末面前。

于是几个朋友一起吃饭。大家都到齐后，苏末笑着说："等一下，还有人没来。"不一会儿，进来一个满脸堆笑的男生，手里捧着一大束鲜艳的红玫瑰。

几个女生立刻尖叫起来。苏末介绍说："这是我的高中同学林又南。"

你好。你好。

林又南带着笑容站起来，跟男生握手，风度依然。

苏末难过得开不了口。

你好到让我已经追不上了

二〇〇六年大学毕业，林又南在家里的安排下留在家乡做了一名公务员。看惯了高楼大厦，熙攘人群，车水马龙，苏末不想回去。不想回去就要付出代价。

老式小区的一楼阴暗潮湿，可是离市区近，上班方便，苏末毫不犹豫地租下来。加班已成为家常便饭，回到出租屋里，已经是晚上九点，却还没吃晚饭，半年下来，瘦了一大圈。

林又南给苏末发短信："不好，就还是回来吧。"

苏末此时正一个人翻炒昨天的剩饭，她看了看锅里快要炒煳的蛋炒饭，飞快地把短信删掉。那天的晚餐，苏末觉得索然无味。

除了吃饭睡觉，苏末几乎把所有的时间都花在了工作上。她开始学会如何在领导面前恰到好处地表现自己，学会在复杂的人际关系中自我保全，公司上下人人视其为潜力股，是职场白骨精的前身。升职、加薪、出国学习，不过两年的光景，苏末在这个城市站住了脚。她给自己买昂贵的鞋和包，一个人在市中心租了高档公寓，站在落地窗边可以望到远处的江水。苏末在心里说："林又南，我只想让你看到很好的我，更好的我才值得让你奋不顾身。"

年底回老家，苏末跟高中同学聚会。她恰到好处地照顾席间的各个同学，记得每个人喜欢吃什么，不喜欢吃什么，谈笑风生，不会冷落了任何一个。

林又南安安静静地坐在一边，他问："现在过得好吗？"

"很好啊。"苏末说自己创作的广告被业内一本专业杂志刊登，很有影响力，应该有拿奖的可能；前不久去了巴黎考察学习，终于见到了传说中的埃菲尔铁塔，其实也很普通；苏末说长沙快要修地铁了，在地铁边准备买一套小公寓，以后应该会很方便……

林又南笑了笑："你以前不太爱说话，也不会照顾别人。"

苏末也笑了："那是不是说明我变得成熟了。"

林又南没做声，苏末抬头看见了林又南的眼睛，他的眼神欲言又止，让人难以捉摸，甚至，还有一丝悲伤。

聚会结束的晚上，林又南给苏末打了个电话。电话里他的声音听起来有些疲惫，他说："苏末，你知道吗，你好到让我已经追不上了。"

苏末缓缓地挂掉电话，心想：林又南也许喝醉了吧。

礼花从他们头上落下

二〇〇八年，苏末的生活在悄悄发生着变化。林又南连夜开车到长沙，第一次跟苏末单独见面。林又南说："苏末，我要结婚了。"

"嗯。"苏末不知所措地点头，茫然得一如当初见面时一模一样。

林又南沉默无语，送苏末回家。走到小区门口，林又南说"很晚了，你上楼吧。"

"嗯。"

林又南点点头："那我先走了。"

"哦。"

"你……"林又南刚走出几步，又缓缓回过头。苏末静静地站在原地。

林又南走上前，伸出手，似乎想要拥抱苏末，顿了顿，轻轻地捏了捏苏末单薄的肩膀，低头说："再见。"

"再见。"

林又南默默地转身离开，他的背影无声地消失在漆黑的夜色里。苏末忽然很想念林又南用修长手指拨弄篮球的样子，想念他坐在跑道上自己涂抹伤口的样子，想念他安安静静地问："你现在过得好吗？"想着想着，她蹲在地上哭了起来。

林又南发来婚礼的请柬，苏末去了。席间坐在身旁的陌生男人突然悄声问道：“你是苏末？”

“你是哪位？”苏末很惊讶。

“我是又南的大学室友，你不认识我，我可知道你。又南有天深夜喝醉酒，打电话给我说苏末走了，离开了，离他越来越远了。我还以为你出国了。”

苏末发觉，眼泪是可以往回流的，一颗一颗，滴在心里，生疼生疼。

主持人邀请大家集体敬酒，苏末站起来，望着台上的一对新人，缤纷的礼花正好从他们头上落下，苏末一饮而尽。

花了十年的时间失之交臂

长沙这样一个内陆城市，十月份的天气刚刚好，没有冬天刺骨的冷，却已经有了初冬的暖阳。

电视上正在播放刘若英和陈升的访谈节目。

主持人侯佩岑问陈升：“你喜欢刘若英吗？”陈升很直接地说：“我当然喜欢她，否则我为什么为她做这么多事情。”但是，陈升接着说：“现在她像风筝，不知已经飘到了什么地方。”刘若英闻听不禁失声大哭起来。她孩子般追问：“如果我飞远了，你可以拉拉线啊，风筝的线永远在你的手里！你一拉线，我就会回来的！”陈升沉默片刻后说：“可是，我找不到线了！”

年轻的时候，我们有着最炽热的爱，却往往还附带着笨拙与骄傲。曾经以为喜欢与被喜欢都是轻而易举的事情，于是很容易就转身离开，想看到你的俯首称臣，想得到你的追逐与仰望。于是越飞越远，却忘记了拉线人仰望太久，是会累的。

可是，还好，我们没有彼此伤害。我们只是花了十年的时间失之交臂。

有一段没有伤害的过去，其实是一件多么美好的事情。苏末在初冬的暖阳下眯缝着眼睛，不觉笑了起来。

文/李公子

爱情有时就像一场游戏，要不步伐一致，要不各走各路。如果男人对女人说“我们的步伐不一致了”，极大的可能是他在以文艺腔包装“我们分手吧”这句冷酷无情的判辞。爱情就是这样，对方的步伐快了，自己不努力赶上，感情一旦生疏，就如破了洞的臭氧层，想要修补却无从下手。当然，走得快的一方，有时也不妨稍稍放缓脚步，给身边人一个机会跟上来。

曾有一个人，爱我如生命

那天，苏生出现在我眼前，白色西服，稳重而安静。他伸出手说：“我是苏生，很高兴认识你。”他说话的样子让人心生温暖。

在模糊的光影下，我看到苏生微笑的脸庞，以及段筱略显忧伤的眼睛。

那天，段筱喝醉了，我和苏生送他回家，昏暗的月光下我们的影子被拉得长长的。苏生说：“林岚，段筱常和我说起你，他说你是一个可爱的女生。”

“是吗？”我的脸红到耳根。

我看见苏生在沙发上昏昏欲睡的样子，心中惆怅。我没有告诉苏生，其实这并不是我第一次与他见面，其实，我在很久以前就认识他，然后一路跟随他来到这个城市。

我搬到了苏生居住的小区，那段时间，我每天除了上班就是制造和苏生的偶遇。

苏生说：“原来你也住在这附近呀。”苏生说这话的时候，我看见照在他头顶的一簇阳光，他的头发因此变成金色。我出了神，好久才回答：“是啊，原来你也住在这里。”

为了赶上苏生上班的时间，我常常饭也不吃就在公交站牌下候着他。一天，原本低血糖的我，终于因为身体虚弱，昏厥在公交车上。我居然还因为能昏倒在苏生温暖的怀抱中而感到高兴。

“林岚，医生说你肯定没吃早饭，所以才会晕厥，你怎么能不吃早饭呢？”苏生说。

我尴尬地笑笑，不知道如何回答。

我从未恋上一个男孩，如对苏生这般，淋漓尽致。我给他做饭，给他洗衣服，帮他打扫房间，几乎包揽了他所有的家务活。

那段时间的苏生，天天加班到凌晨。我每天下班之后便提着大袋小袋的蔬菜到苏生的宿舍里，为他做饭洗衣打扫房间，我并不觉得自己像家政公司的大妈。

苏生并不拒绝我的殷勤服务，他不仅为我配了钥匙，还特地打电话告诉我他每天想吃的菜，好让我做给他吃。他的脏衣服堆在盆子里，我一件件地用手搓。厨房里没有抽油烟机，每次炒菜我都会呛得不停地咳嗽，流出眼泪。

一天，段筱说：“林岚，苏生是有女朋友的，叫李司蕊，在国外工作，她最近回国了。”

我手中的饭勺掉落在地上。“你怎么现在才告诉我？”我气恼地说。

段筱愧疚地说：“我也是刚知道这事的。”

我的脑子里一片空白。

我犯了一个十分愚蠢的错误，追随了他这么久，才发现自己所坚持的，不过是一圈在阳光下色彩斑斓的泡沫。那些青春的往事，与苏生有关的每一个傍晚和清晨，是一个个秘密，以后将永远不再打开。

苏生将永远不会知道，我第一次遇见他，是在刚进大学的那年。

九月的天气十分燥热，段筱拖着我的行李，我则空着手走在校园里。接待我的皮肤白皙笑容温和的师兄，便是苏生。

苏生是学生会干事，他带着我们去交学费办手续。苏生是大部分女生的爱慕对象。那时的我如此自卑，一直到毕业，我都没有再和他说一句话，却常常在他身后呆呆地看上很久。

段筱常来找我玩，而我从不曾告诉他我与苏生的事。段筱问我有没有喜欢的人时，我都是违心地告诉他说："没有啊。"

多年以后我才明白，我与苏生的故事从未开始过，却已经宣告结束。

我辞职了，离开了那个城市，也没有告诉段筱。

手机上收到段筱发过来的短信，他说："对不起，林岚，我没有想到他会是这样。"

第二条："林岚，我知道你很伤心，我想陪陪你，行吗？"

第三条："林岚，我在你家楼下等你，你什么时候回来？"

第四条："林岚，从小到大，你不开心的时候都会找我的，现在你怎么关机呢？"

第五条："林岚，我很担心你。你不要吓我好吗？"

最后一条："林岚，我喜欢你，你一直都没有感觉到吗？你不想再见我了吗？"

我突然泪流满面，第一次注意到陪伴我这么多年的段筱，我从来没有在意过他。

想起十六岁的段筱，穿着花格子短裤站在阳台上对我唱歌，他唱周杰伦的《东风破》：谁在用琵琶弹奏一曲东风破？岁月在墙上剥落看见小时候。

段筱的眼睛深邃得很好看，他问我："岚岚，二〇一〇年，我们在上海相见如何？"

从那以后，我再没有遇见段筱。

有一年回家，妈妈说起以前我们的邻居段筱："据说现在在上海，开了公司，把他父母都接过去了。这孩子挺争气的。”

偶然看到段筱的博客，他一篇篇地写着关于一个叫岚岚的女孩的故事。

二〇一〇年，我没有去上海看世博会，最终爽约了。

不管我愿不愿意，我和段筱都已经彼此走散于人群中。这世间最悲伤的事，不是找不到相爱的人，而是当一切都成往日云烟以后，才突然想到那个故人，他曾经小心翼翼像个智商低下的傻瓜，爱我如生命。

文/杜痕远

少年情怀，光转流年，所有的都会过去，仰头、低头，缘起、缘灭，终致一切面目全非。人，总是在不断的取舍中、矛盾中生活着。或许，有些感情只有错过了，才可以刻骨铭心，那些曾经的过往，在我们心里已是永恒……